De Longbourn

à Pemberley

Printemps 1811

Tome 3

M-C Ranger

De Longbourn à Pemberley

Tome 1 *Automne 1810*
Tome 2 *Hiver 1810-1811*
Tome 3 *Printemps 1811*
Tome 4 *Été 1811*
Tome 5 *Automne 1811*

Ceci est une œuvre de fiction basée sur les romans de l'auteure anglaise Jane Austen.
La majorité des personnages, plusieurs événements et un certain nombre de phrases rencontrés dans cette histoire sont issus de l'œuvre de Jane Austen. Quelques personnages ainsi que tous les autres événements proviennent de l'imagination de l'auteure. Il serait donc tout à fait fortuit d'y trouver une quelconque ressemblance avec des personnes ou des événements réels.

« ... Croyez-moi, ajouta-t-il plus bas,
vous, vous êtes parfaitement en sécurité,
il n'y a de danger que pour moi... »

(Jane Austen, *Les Watson)*

Printemps 1811

Chapitre I

Où il est démontré qu'un arrêt à Londres
permet de renouer des liens inattendus
qui pourraient porter à conséquence... ou non

Les sentiers s'étaient parés depuis peu de ce vert frais qui faisait tout le plaisir de se promener dans la campagne du Hertfordshire. C'est pourquoi Elizabeth Bennet ne s'en privait pas. Le soleil du matin laissait présager une belle journée, la marche avait été particulièrement agréable. Elle se défit rapidement de son manteau et de son chapeau puis se dirigea vers la salle à manger où les deux benjamines tentaient de convaincre leur mère de les laisser, encore une fois, se rendre à Meryton.

– Maman, vous avez sûrement un message à porter à tante Philips ou à Mrs White, à moins que ce ne soit à Miss Watson. C'est assurément primordial, je vous offre de m'y rendre avec Kitty si elle le veut bien, dit d'un ton enjôleur une Lydia qui ne doutait pas du résultat de sa demande.

– Ah! Chère enfant, je vous reconnais bien là, s'exclama Mrs Bennet. Votre bon cœur m'a toujours touchée. On voudra probablement de mes nouvelles, mes nerfs ayant été mis à rude épreuve après cette histoire d'*entail* qui revient nous hanter régulièrement.

– Mère, l'interrompit Elizabeth en se prenant un peu de confiture pour accompagner son petit pain au lait, il n'était pas question de Longbourn, vous le savez bien.

– Oh, Lizzy! Ne remarquez-vous pas que c'est la même histoire? Votre amie Anne vous a appris qu'un cousin, Mr William Elliot, s'est rapproché de Sir Walter et donc, d'elle et de sa soeur. Cela ne ressemble-t-il pas à l'intérêt de Mr Collins envers notre famille? Et vous êtes bien placée pour le savoir, jeune fille!

Mr Bennet, à ce commentaire amer de son épouse, crut bon d'intervenir.

– Ma chère Mrs Bennet, laissez-moi vous rassurer et, par le fait même, donner à votre système nerveux un certain répit. Il m'apparaît presque impossible qu'un Mr Elliot quel qu'il soit puisse atteindre les sommets de la bêtise auxquels nous avons assisté cet automne... à moins que ce jeune homme ait vraiment beaucoup de talent! Quant à la décision de Lizzy, rappelons-nous chaque jour qu'elle nous a épargné les affres d'une telle fréquentation pour les vingt prochaines années, ce en quoi j'aurais tendance à la remercier.

Elizabeth dut camoufler un sourire en prenant rapidement une gorgée de thé au risque de sérieusement s'étouffer.

Sur ce, Mr Bennet regagna son antre, laissant à Mrs Bennet toute latitude pour exprimer son étonnement, sa désapprobation puis sa frustration devant le peu de support qu'elle recevait de son mari. Entre deux lamentations maternelles, Lydia réitéra sa demande, ce qui lui fut accordé à la seule condition qu'une bonne âme se dépêche d'aller chercher le flacon de sels; un malaise pouvant si vite arriver. Ce qui fut fait et les deux plus jeunes s'esquivèrent, soulagées de s'en être sorties à si bon compte. Et le message? Eh bien, on irait en porter un le lendemain... ou le surlendemain...

ou encore le jour suivant. Ainsi furent réglés, momentanément, le sort de l'*entail* et l'escapade à Meryton des benjamines.

*****

Pendant qu'on écartait le sujet peu plaisant de l'*entail* en Hertfordshire, dans le Kent, celui-là même qui en serait le bénéficiaire présentait à sa bienveillante protectrice une jeune femme timide qui ne semblait vouloir causer aucun préjudice à son hôte. En effet, Fanny Price, petite cousine éloignée du côté de Lady Lucas, semblait très réservée. Bien que polie, elle demeurait silencieuse, ne parlant que si on s'adressait à elle directement. Lady Catherine reconnut immédiatement en cette parente de Mrs Collins l'humilité qui sied tellement à une jeune femme sachant tenir son rang. La maîtresse des lieux approuvant sans hésitation, Mr Collins se rengorgea; quelle bonne idée avait-il eu d'inviter Miss Price à séjourner au presbytère! D'autant plus que Lady Dalrymple et Miss Carteret avaient quitté il y avait environ une semaine pour retourner à Bath, laissant un vide qui, étant donné leur rang dans la noble société, serait difficile à combler.

– Miss Price, on m'a dit que vous êtes originaire de Portsmouth, mais que vous avez surtout vécu en Northamptonshire chez Sir Thomas Bertram, baronnet. Que cela semble étrange!

– Je viens d'une famille nombreuse et modeste, Votre Grâce. Il semble qu'on ait jugé nécessaire de soulager mes parents, j'ai donc passé plusieurs années à Mansfield Park. Ces années-ci, j'agis un peu comme dame de compagnie de Lady Bertram qui est ma tante.

– Mrs Collins m'a pourtant dit que vous arriviez de Portsmouth. Qu'en est-il?

– Vous avez raison, Lady Catherine. Je séjournais chez mes parents lorsque l'invitation de Charlotte, pardonnez-moi, de Mrs Collins, m'est parvenue. Cela m'a fait un réel plaisir de l'accepter.

Se retournant vivement, Lady de Bourgh apostropha Mr Collins : « Ne m'aviez-vous pas affirmé que cela était votre initiative? »

– En fait, Votre Grâce, l'idée vient de Mrs Collins et, en bonne épouse, elle m'a soumis sa requête à laquelle, bien sûr, j'ai immédiatement donné mon accord, expliqua William Collins qui, empêtré dans ses demi-vérités, dut supporter le regard acéré de sa bienfaitrice ainsi que celui, lourd de reproches, de ladite épouse.

– C'est la première fois que je séjourne dans la région. Votre domaine de Rosings, Lady Catherine, est magnifique! J'espère que vous me permettrez de visiter les jardins, si ce n'est pas trop vous demander.

– En effet, Miss Price, ce sont les plus beaux jardins du Kent. Sir Lewis, feu mon époux, en était très fier et les parcourait régulièrement. Ma fille, continua Lady Catherine d'un ton affable, tient de lui; elle adore s'y promener dans son petit phaéton. N'est-ce pas, Anne?

La jeune femme acquiesça d'un hochement de tête.

– Vous pourrez donc vous promener à votre guise dans le parc, Miss Price.

– Je vous remercie… commença Fanny Price aussitôt interrompue par un Mr Collins désireux de faire oublier son faux-pas.

– Quelle condescendance! Vous voyez, Mrs Collins, comme Sa Grâce accorde des privilèges aux membres de votre parenté. Soyez assurée, chère Lady Catherine, que nous vous en serons éternellement reconnaissants.

Sur ces remerciements simples et francs qui permirent à Mr Collins de revenir dans les bonnes grâces de sa bienfaitrice, la voiture fut demandée. Et bien que le trajet fût très court, le révérend trouva encore assez de verve pour louer les nombreuses qualités des nobles dames de Rosings, et ce jusqu'au seuil du presbytère.

*****

C'est la veille de son départ qu'il fut donné à Elizabeth, lors d'une petite réception, de revoir George Wickham. Elle s'empressa de le féliciter pour ses projets d'avenir, il eut l'amabilité de lui reconnaître beaucoup d'attraits et lui fit subtilement comprendre que s'il en avait été autrement, que si Mr Darcy avait été le digne fils de son honorable père… Avant qu'il ne s'enlise dans ses justifications, la jeune femme, avec tact, changea de sujet. Connaissait-il Lady Catherine de Bourgh? Avait-il voyagé dans le Kent et vu Rosings Park? Bref, l'échange fut agréable, car l'un voulait continuer à plaire et l'autre à recevoir cette charmante attention.

Le lendemain matin, Sir Lucas et Maria se présentèrent tôt parce qu'il avait été convenu qu'on arriverait chez les Gardiner en fin de matinée afin de profiter du reste de la journée dans la Cité. Après la centaine de recommandations de sa mère qui furent entrecoupées de quelques commentaires ironiques de son père, Elizabeth embrassa sœurs et parents puis quitta pour quelques semaines le petit monde de Longbourn. Grâce à la présence de la jeune sœur de Charlotte, peu habituée à voyager, le trajet ne parut guère long. Maria s'émerveillait de tout et de rien; en effet, comme elle ne connaissait presque rien, elle s'exclamait donc sur à peu près tout. Elizabeth, amusée, répondait ici et là lorsque la jeune fille reprenait son souffle. Bientôt les premiers quartiers de Londres se profilèrent puis la voiture bifurqua vers la Cathédrale St Paul, passant tout près de la prison de Newgate. Les grands entrepôts de Cheapside surgirent et, le temps que Maria témoigne de sa surprise devant autant de va-et-vient, les visiteurs arrivèrent dans Gracechurch Street où, à n'en pas douter, ils étaient attendus avec fébrilité. Les petits cousins sautèrent dans les bras d'Elizabeth qui les embrassa avec fougue. Les retrouvailles furent plaisantes, les Lucas connaissant les Gardiner depuis plusieurs années. Sir William fut enchanté de l'invitation de son hôte à se rendre à l'un des entrepôts où une cargaison de thé venait d'arriver. Les deux hommes s'éloignèrent en promettant d'être de retour en fin d'après-midi. Après s'être informée des plus récentes nouvelles du Hertfordshire, Mrs Gardiner commanda la voiture afin que ses nièces et Maria puissent aller faire quelques achats. Lorsqu'elle se retrouva seule avec Elizabeth, Madeline Gardiner ne put s'empêcher de revenir sur ce qu'elle avait appris à propos de Mr Wickham et de ses fiançailles avec Miss King, héritière de dix mille livres.

– Il m'est pénible de porter un jugement sévère sur un jeune homme originaire du Derbyshire…

– Oh! Quant à cela, j'ai une assez pauvre opinion des jeunes gens du Derbyshire et leurs amis du Hertfordshire ne valent pas beaucoup mieux! Sincèrement, je suis excédée des uns et des autres. Dieu merci! Je vais voir demain un de ces hommes totalement dépourvus de sens, d'intelligence et d'éducation… Je finirai par croire que ces gens-là seuls sont agréables à fréquenter.

– Attention, ma chère Lizzy, votre remarque laisse voir un certain désappointement. Heureusement, votre oncle et moi avons quelque chose à vous proposer qui vous changerait les idées et vous éloignerait, pour un certain temps, de vos sujets de déception.

– Chère tante! s'écria Elizabeth en retrouvant sa bonne humeur, quel est ce « quelque chose »? Vous piquez ma curiosité.

C'est ainsi que la jeune femme se fit offrir d'accompagner sa tante et son oncle dans leur prochain

voyage qui aurait lieu au début de l'été; on pensait à la région des Lacs.
La région des Lacs, quel plaisir en perspective! Elizabeth, reconnaissante, embrassa vivement Madeline Gardiner qui se mit à rire devant l'enthousiasme que cette invitation avait provoqué chez sa nièce. Les jeunes hommes du Hertfordshire, ou pire du Derbyshire, pouvaient bien attendre!

– Jane, vous imaginez tout ce que j'aurai à raconter lorsque je reviendrai à la maison. C'est la première fois que je quitte aussi longtemps Lucas Lodge.
– J'en suis contente pour toi, Maria. Sans compter que tu feras bien plaisir à Charlotte qui ne t'a pas vue depuis près de trois mois.
– La voiture est avancée, annonça Elizabeth en entrant dans la pièce. Venez si vous voulez avoir le temps de faire quelques achats avant notre soirée au théâtre.
– Au vrai théâtre! s'exclama Maria. Je n'y suis jamais allée… Mon Dieu! Je suis vraiment excitée!
Les deux sœurs éclatèrent de rire en voyant la jeune fille montrer autant d'entrain. Il n'y avait pas si longtemps, Elizabeth et son aînée avaient découvert les joies de la vie en ville et, même si elles aimaient beaucoup la tranquillité de leur coin de pays, elles ne pouvaient résister à l'attrait d'un séjour dans la Capitale. Toutes trois arpentèrent Bond Street, Maria trouva deux petits mouchoirs brodés qu'elle avait l'intention d'offrir à Charlotte pour la remercier de l'avoir invitée tandis que Jane cédait à la vue d'une jolie paire de gants. Puis elles bifurquèrent sur Piccadilly où Elizabeth dénicha, chez Hatchard's, un livre qu'elle acheta malgré les regards quelque peu soupçonneux du commis. Alors qu'elles déambulaient tranquillement sur Dean Street, Jane s'enquit de l'achat de sa sœur; elle eut la surprise

d'apprendre qu'il s'agissait de *Réflexions sur le mariage* de Mrs Mary Astell.

– Eh bien, Lizzy, j'ignorais que ce sujet… suscitait ton intérêt. Disons… que cela va te changer de Messieurs Wordsworth et Coleridge…

– Que voulez-vous dire, Jane? demanda Maria Lucas dont la curiosité avait été éveillée par les hésitations dans la voix de la jeune femme.

– Elle me fait simplement remarquer que ce livre ne contient probablement pas beaucoup de poésie, répondit Elizabeth, un petit sourire au coin des lèvres.

– Parce que d'habitude vous lisez surtout…

La jeune fille ne put finir sa phrase car quelqu'un, sortant à vive allure d'un commerce, la heurta. Elizabeth, d'un geste vif, empêcha Maria de s'étaler de tout son long. L'inconnu se retourna vivement.

– Toutes mes excuses, mademoiselle, cela est de ma faute, j'avais l'esprit ailleurs. Vous n'êtes pas blessée, j'espère?

Remise du choc, Maria Lucas fit signe que non, tout en replaçant les plis de sa robe. Le jeune homme s'inclina alors avec courtoisie, réitérant ses excuses.

– Mais c'est Mr Churchill! Mr Frank Churchill. Quelle surprise de vous voir ici!

– Miss Bennet! Miss Elizabeth! Je suis ravi de vous revoir. Et cette charmante jeune personne que j'ai failli jeter par terre…

– Permettez-moi, reprit Jane Bennet, de vous présenter Miss Lucas. Maria, voici Mr Churchill dont nous avons fait la connaissance l'automne passé.

Maria Lucas rougit légèrement et lui fit une petite révérence alors que le jeune homme s'excusait encore de son manque d'attention. Puis ce dernier leur demanda ce qui les amenait à Londres; Maria se chargea de raconter, avec beaucoup d'enthousiasme, leur arrêt dans la Cité ainsi que leur départ le lendemain pour le Kent.

– Et vous, Mr Churchill, vous allez bien? Est-ce que votre tante se porte mieux qu'en novembre?

– Ah! Vous vous souvenez de cela, Miss Elizabeth. Ma tante semble présentement avoir un certain répit, ce qui m'a permis de quitter Enscombe sans trop d'inquiétude. Si bien que j'ai pu aller voir mon père et sa nouvelle épouse, répondit Frank Churchill, ravi qu'on se soit souvenu de lui malgré la brièveté de son séjour à Netherfield Park.

Jane, pour qui la présence du jeune homme ravivait de douloureux souvenirs, dirigea la conversation vers un autre sujet.

– Qu'est-ce qui vous amène à Londres, Mr Churchill?

– Je dois impérativement me faire couper les cheveux! D'ailleurs, je me dirigeais justement par là lorsque, par mégarde, j'ai heurté cette charmante demoiselle, expliqua-t-il, faisant de nouveau rougir Maria.

– Vous venez à Londres simplement pour une coupe de cheveux! Ce coiffeur doit être exceptionnel, souligna Elizabeth d'un air amusé.

– J'aurais plutôt pensé que vous y veniez par intérêt pour la musique! fit Maria Lucas qui, voulant mettre son grain de sel dans la conversation, pointa du doigt le n°88 en face d'elle.

– Oh! Oui, en effet, Miss Lucas, vous n'avez pas tort, je…

Frank Churchill fut, à ce moment, interrompu par un commis qui était sorti dudit établissement et s'était approché de lui vivement.

– Mr Churchill, toutes mes excuses d'avoir à interrompre votre discussion, mais vous aviez oublié votre reçu. Le voici donc, vous y trouverez également la date de livraison de l'instrument.

– Merci beaucoup, répondit un Frank Churchill quelque peu embarrassé devant le regard surpris de ses trois compagnes.

Le commis s'éloigna et le jeune homme crut bon d'expliquer qu'il avait soudainement pensé, en passant devant le magasin de musique, que c'était le bon temps pour l'achat d'un pianoforte. Il était donc aussitôt entré… et voilà!

Jane et Elizabeth eurent le bon goût de baisser les yeux et de souscrire à l'explication plus ou moins convaincante de leur interlocuteur alors que Maria, ne pouvant cacher sa surprise, s'écria naïvement : « Ciel! Mr Churchill, il faut donc que la personne à qui vous le destinez vous soit chère pour que, sur une impulsion, vous fassiez un tel achat! »

– Oui… oui, vous avez raison, Miss Lucas, dit le jeune homme en hésitant. C'est mon tempérament, je ne peux m'empêcher d'être un petit cachottier et de faire ainsi des surprises aux gens que j'aime. C'est cela!

Les jeunes femmes sourirent devant son petit air taquin et Elizabeth se dépêcha de changer de sujet.

– Votre père et son épouse vont-ils bien? Je me souviens très bien de Mrs Weston dont nous avions fait la connaissance l'automne dernier et elle m'avait semblé tout à fait charmante.

– Oui, la coupa Maria avec enthousiasme, c'est chez nous que vous l'aviez rencontrée, Elizabeth.

Puis se tournant vers le jeune homme, elle ajouta : « Alors si j'ai bien compris, Mr Churchill, vous êtes… le fils de Mr Weston! »

Jane, légèrement mal à l'aise, cligna des yeux, avait-elle fait preuve d'indiscrétion en révélant à sa soeur le lien qui unissait Mr Weston à Frank Churchill? Elle espérait bien que non; la réponse du jeune homme la soulagea.

– En effet, Miss Lucas. Vous connaissez donc ma nouvelle belle-mère, répondit Frank Churchill d'un ton amusé. Je puis ajouter que Miss Elizabeth a raison, elle est charmante, mon père semble le plus heureux des hommes!

– Mrs Weston nous avait expliqué qu'elle demeurait, en fait, tout près de Randalls, car elle avait passé plusieurs années à Hartfield non loin de là. Connaissez-vous la famille dont elle parlait?
Frank Churchill parut réfléchir un instant.
– J'ai eu l'honneur d'être présenté à Mr Woodhouse et à sa fille cadette, Miss Emma Woodhouse. Je les ai fréquentés à quelques reprises. Vous savez, Highbury, c'est un peu comme Meryton près de chez vous; tous les gens se connaissent et se croisent régulièrement, c'est un petit monde en soi, pourrait-on dire!
Elizabeth eut l'impression d'avoir déjà entendu ce commentaire. Le souvenir lui revint soudainement : c'était à Netherfield Park lorsque sa mère était venue voir Jane qui était souffrante. Mr Darcy avait émis l'opinion que la société devait être plus restreinte qu'en ville, ce contre quoi Mrs Bennet s'était vertement élevée. Elizabeth avait alors voulu s'interposer, mais cela n'avait qu'envenimé les choses et elle se rappelait clairement le regard du maître de Pemberley fixé sur elle alors qu'elle rougissait de honte… un souvenir humiliant. C'est la question de sa sœur qui la ramena au moment présent.
– Alors, Mr Churchill, vous avez peut-être croisé l'une de mes connaissances, en fait, nous nous sommes liées d'amitié et nous correspondons depuis cet hiver. Elle habite chez sa tante Miss Bates et s'appelle Miss Jane Fairfax. Ce nom vous dit-il quelque chose?
Durant quelques secondes, Frank Churchill écarquilla les yeux mais se reprit rapidement.
– Miss Fairfax… Oui, mon père connaît depuis très longtemps les Bates et il m'a présenté à ces dames dès le début de ma visite dans la région, j'ai donc rencontré Miss Fairfax… Je devrais la revoir d'ici peu chez des voisins, les Coles.

– Mr Churchill, fit une Jane Bennet un peu gênée par sa hardiesse, puis-je alors vous demander un petit service?

– Bien sûr, Miss Bennet, si cela m'est possible, ce sera un plaisir.

C'est ainsi que Frank Churchill accepta la mission de remettre à Jane Fairfax la lettre qu'elle venait de lui écrire et qu'elle avait glissée dans son réticule.

– Chère Jane, avouez que cela est tout un hasard; nous rencontrons quelqu'un qui se rend là où votre lettre doit aller! s'exclama Maria Lucas qui se promit de raconter cela à ses amies dès son retour.

Ses interlocuteurs sourirent devant tant de spontanéité puis Elizabeth s'adressa une dernière fois au jeune homme.

– Mr Churchill, j'espère que nous ne vous avons pas fait manquer votre rendez-vous chez le coiffeur.

– Le coiffeur? Ah oui, j'y cours! Ce fut un plaisir de vous rencontrer, mesdemoiselles.

Et sur un dernier salut, il disparut dans la foule.

Les jeunes femmes reprirent la voiture qui les mena à Kensington Gardens où elles devaient prendre le thé avec les amies de Jane, Elinor et Marianne Dashwood. Elles se promenèrent dans les allées où le soleil de fin d'après-midi donnait un certain éclat aux feuillages délicats de ce début de printemps. Cela ravit particulièrement Elizabeth; Londres aussi avait ses charmes et ce grand parc n'en était pas le moindre. Elles n'étaient pas les seules à avoir choisi ce lieu pour leur promenade. C'était bel et bien une parade où d'élégantes jeunes femmes évoluaient, convaincues, à chaque mouvement d'ombrelle, d'éveiller l'intérêt des gentlemen qui pavoisaient tels des coqs dans une basse-cour. En fait, c'est ce que pensait Elizabeth lorsqu'elle étudiait les allées et venues de tout ce beau monde.

– Vu et être vu, voilà tout ce qui compte, dit-elle d'un ton amusé.

– On dirait que vous en parlez comme s'il s'agissait d'un jeu! s'étonna Maria Lucas, tout en suivant des yeux les jolies robes claires et les redingotes bien cintrées.

– C'est en quelque sorte un jeu, mais je ne peux te certifier s'il est amusant car…

– Oh! Lizzy, ne pourrais-tu laisser notre jeune amie profiter de sa sortie sans lui faire l'analyse de tout ce qu'elle voit, soupira comiquement Jane Bennet. Elle aura tout le temps, plus tard, de le réaliser, crois-moi.

– Pardonne-moi, fit Elizabeth, contrite.

Il n'était vraiment pas nécessaire de rappeler à son aînée sa déception et sa peine.

– Jane! Elizabeth! s'écria Maria qui, heureusement, parce qu'elle suivait le va-et-vient autour d'elle, n'avait pas saisi la fin de l'échange entre les deux sœurs. Regardez de ce côté! Il y a des promeneurs qui vous ont remarquées et qui se dirigent vers notre table.

Jane, soulagée par cette diversion, présenta Miss Dashwood; quant à cette dernière, elle leur fit faire la connaissance du colonel Brandon, un bel officier portant dignement la mi-trentaine. Le thé fut commandé et la conversation amorcée. On apprit ainsi que Miss Marianne était souffrante et n'avait pu se joindre à l'invitation, mais qu'on ne craignait pas pour sa santé, seul le repos pouvait lui faire du bien. On apprit également que le colonel avait un domaine dans le Dorset et qu'il voulait offrir la cure qui s'y rattachait à un ami d'Elinor Dashwood parce que cet ami venait d'être spolié de son héritage alors qu'il allait bientôt se marier. Maria et Elizabeth, touchées, approuvèrent la démarche du colonel qui avait poussé la délicatesse jusqu'à demander à Miss Dashwood d'être son intermédiaire et, bien sûr, celle-ci avait accepté de bonne grâce. Durant cet échange, Jane Bennet avait discrètement suivi les gestes et les intonations dans la voix d'Elinor Dashwood mais, tout comme elle-même, son amie savait demeurer imperturbable.

– Je suis certaine, Elinor, que vous vous acquitterez de cela avec toute la sensibilité dont vous faites toujours preuve. J'espère qu'ensuite vous repartirez vers le Devonshire afin de retrouver la mer, les grandes marches sur la côte, et ce même si nous risquons de ne plus nous voir bientôt.

Émue, Elinor Dashwood abandonna quelques secondes sa réserve coutumière et sourit doucement à son interlocutrice alors que ses yeux exprimaient une grande peine. Jane Bennet savait... avait tout compris parce qu'elle aussi souffrait.

– En effet, nous retournons dès la semaine prochaine. L'air marin fera du bien à Marianne, répondit-elle en se tournant vers Elizabeth et Maria. Nous partirons avec Mrs Jennings qui va rejoindre sa fille et son gendre à Cleveland, ensuite nous poursuivrons notre route, le colonel ayant gentiment proposé de nous accompagner jusqu'à Barton. Ainsi se terminera notre séjour à Londres.

– Nous aussi, Miss Dashwood, nous quitterons, Miss Elizabeth, mon père et moi, dès demain pour le Kent où ma sœur Charlotte, récemment mariée, s'est installée. Je constate, dit en riant la jeune fille, qu'il y a des effets positifs au mariage : on peut visiter d'autres régions. Quel plaisir, ne trouvez-vous pas?

Elizabeth, ressentant le malaise qu'avait causé l'intervention naïve de Maria, s'empressa d'acquiescer et de rappeler qu'on était attendu le soir même au théâtre. Le colonel eut la bonne idée de se souvenir que Miss Dashwood devait passer sur Strand Street pour acheter fusain et papier à dessin chez Ackermann avant de quitter la Cité. Les salutations furent chaleureuses, surtout quand Jane serra les mains de son amie dans les siennes.

– Elinor, j'attendrai de vos nouvelles avec plaisir. Vous m'écrirez, n'est-ce pas? Je serai chez ma tante Gardiner encore quelques semaines, je regagnerai le Hertfordshire vers la fin d'avril ou le début de mai. Je penserai à vous.

– Merci, Jane. Nous nous comprenons parce que nous nous ressemblons… Cela me fera du bien de vous écrire, chuchota Miss Dashwood.

– Colonel Brandon, nous avons été ravies de faire votre connaissance.

– Miss Bennet, Miss Elizabeth, Miss Maria, ce fut un plaisir.

Pendant que les silhouettes de Miss Dashwood et du colonel disparaissaient parmi les promeneurs, Elizabeth jeta un regard curieux à sa sœur. Celle-ci posa discrètement un doigt sur ses lèvres… les explications viendraient plus tard. En attendant, il fallait retourner chez les Gardiner afin de mieux repartir, car la soirée au théâtre promettait d'être divertissante. Après tout, on y jouait *L'École de la médisance*! s'était exclamée une Maria Lucas qui ne mesurait sûrement pas toute l'ironie que l'évocation de ce titre pouvait donner à penser à ses compagnes. La jeune fille était tout simplement émerveillée par tout ce qu'elle vivait depuis son départ de Lucas Lodge… et dire que ce départ avait eu lieu le matin même. Bonté divine! Elle en aurait des choses à raconter à Kitty, à Lydia et aussi à Sally Morris, mais surtout à cette petite prétentieuse de Janet Long qui l'avait regardée de haut parce qu'elle avait séjourné deux jours à Oxford avant de se rendre chez sa tante à Burford.

*****

Dans la berline en route vers le Kent, Elizabeth souriait en écoutant Maria raconter à Sir William pour la deuxième fois, sinon la troisième, l'extraordinaire pièce qu'elles avaient vue la veille au Lyceum Theatre. Que dire de ce fourbe de Joseph Surface et de cette scène où certains personnages se cachaient derrière des meubles! Cette intrigue, passant de la plaisanterie à l'émotion, avait de quoi réjouir les plus désabusés des spectateurs, dont la jeune fille ne faisait pas partie de toute évidence. Épuisée par sa soirée et par son enthousiasme débordant, Maria avait fini par s'endormir, son père fit de même; ce qui laissa tout loisir à Elizabeth de revenir sur la conversation qu'elle avait eue avec sa sœur la veille lorsqu'elles se préparaient pour la nuit.

Elle avait donc eu raison de s'en faire pour son aînée. Jane avait beau cacher sa déception amoureuse du mieux qu'elle le pouvait, les yeux exercés de sa cadette avaient noté sa mélancolie. Même leur tante Gardiner la devinait au regard distrait que portait fréquemment la jeune femme sur ce qui l'entourait. Cette dernière réussissait tout de même à masquer son manque d'entrain et ses petits cousins l'y aidaient beaucoup; l'égayant par leurs jeux et leurs babillages incessants. Mais voilà qu'hier, cet équilibre que parvenait tant bien que mal à préserver sa sœur avait été sérieusement ébranlé. Voici à quoi avaient ressemblé les explications de Jane ou, en tout cas, ce que sa cadette en avait compris : par ses manières charmantes, elle avait attiré son attention et il n'avait pas vraiment essayé de cacher son admiration. L'entourage avait alors perçu clairement l'inclination du jeune homme et, bien que l'heureuse élue ait démontré une grande discrétion, elle n'en avait pas moins ressenti les mêmes émotions. Qui mieux qu'elle méritait ce bonheur?! Qui serait assez méprisant pour dénigrer ces sentiments pour des raisons de rang social ou de fortune? Qui? Une sœur « attentionnée », un ami « vigilant »? Zut! Que la vie était injuste pour les Elinor et les Jane de ce monde! s'était insurgée Elizabeth. Et que dire de ces jeunes hommes qui sacrifiaient leur bonheur à l'autel des conventions sociales… Heureusement, Mr Collins, lui, serait à la hauteur et ne la décevrait pas; c'est ce que Mr Bennet avait prédit à sa cadette lors de son départ. Elle se prit donc au jeu de chercher quelques « compliments » qu'elle assènerait à ce cher cousin dès qu'il trouverait l'occasion de lui rappeler l'exceptionnelle proposition qu'elle avait refusée… et qui avait permis à Charlotte d'assurer son avenir. Pensant à son amie, elle se souvint fort à propos que cette dernière lui avait mentionné la présence d'une cousine éloignée qui résiderait peut-être au presbytère pendant leur séjour; cela la rassura, quelqu'un d'autre l'aiderait en partageant le fardeau des fréquents panégyriques de Mr Collins à propos de sa bienfaitrice. Ses pensées ayant suivi diverses directions, elle fut surprise lorsqu'elle entendit Sir William, réveillé depuis peu, annoncer qu'on entrait sur les terres de Rosings, que cela était impressionnant et qu'on ne pouvait que se réjouir de l'heureuse destinée de l'aînée de ses filles. Ce à quoi Maria applaudit et Elizabeth sourit; la première sans aucune réserve, la seconde sans aucune certitude.

L'équipage s'arrêta devant une jolie maison de deux étages sur laquelle grimpait un magnifique rosier. L'allée de gravier bien ratissée menait à la porte principale puis se poursuivait vers le côté sud où se dessinaient les premiers rangs d'un potager minutieusement entretenu. Le presbytère aux volets fraîchement peints en vert était accueillant, y demeurer semblait plaisant… à condition d'en oublier le maître et, voyant à quel point Charlotte se montrait satisfaite,

Elizabeth conclut que son amie l'oubliait souvent. Si elle nourrissait certaines inquiétudes à propos de la vie affective de la nouvelle maîtresse des lieux, elle fut rapidement rassurée quant à l'organisation et à la gestion de la maisonnée. Tout était parfait, même l'escalier avait, paraît-il, été édifié en tenant compte de la fonction de son principal occupant. Il fallait, bien sûr, souligner les judicieux conseils de Lady Catherine de Bourgh qui avait jugé utile, dans sa grande bonté, de condescendre jusqu'à discuter de l'emplacement des tablettes de divers placards. Non, mais la mansuétude de Sa Grâce ne souffrait aucune comparaison! À cela, Elizabeth ne put qu'acquiescer, un petit éclair de malice au fond des yeux.

Après s'être rafraîchis, les invités se retrouvèrent au salon où ils firent la connaissance d'un confrère d'études de William Collins. On l'avait prié de faire un arrêt dans le Kent alors qu'il revenait de Canterbury où il était allé rendre visite à une vieille tante, veuve et seule, qui l'aimait bien.

– Miss Bennet, Miss Lucas, Sir Lucas, vous me voyez enchanté de vous rencontrer, ici, à Hunsford où Mrs et Mr Collins ont eu la bonté de me recevoir.

– Tout le plaisir est pour nous, Mr Elton. Êtes-vous dans la région pour un certain temps? demanda Sir William.

– Je suis simplement de passage, mais j'ai pu constater que mon collègue a eu la bonne fortune d'être sous le patronage d'une très noble dame et de trouver dans le mariage une grande félicité, reconnut Philip Elton en s'inclinant galamment vers l'épouse de son hôte. Quant à moi, je quitterai sous peu et passerai par Londres, puis je rejoindrai Bath par la suite.

– Et vous, Mr Elton, si j'ai bien compris les propos de mon cousin, êtes sur le point de convoler en justes noces. Peut-on vous offrir tous nos vœux de bonheur?

Avant que ce dernier ait pu répondre à son interlocutrice, William Collins prit la parole d'un ton sentencieux.

– Cousine Elizabeth, voilà bien, exemple à l'appui, la preuve que la situation d'un homme d'Église, tel que Mr Elton ou moi-même, est fort enviable et que toute jeune femme soucieuse de son avenir ne peut qu'être flattée, voire reconnaissante, d'avoir pu retenir l'attention d'un parti aussi avantageux. Je suis certain que Mrs Collins sera entièrement de mon avis.

Charlotte, gênée par les propos de son époux, sourit discrètement puis voulut s'adresser à sa jeune sœur afin de détourner la conversation vers un sujet moins délicat. Cependant Maria, toujours aussi spontanée, s'écria : « Peut-être avez-vous raison, Mr Collins, mais je pense qu'il est tout à fait possible qu'une jeune femme refuse une telle offre, même si celle-ci semble avantageuse. Qu'en pensez-vous, Elizabeth? Et vous, Mr Elton?

À la surprise générale, il n'y eut pas que le révérend Collins qui réagit vivement. Pendant que celui-ci blêmissait sous l'allusion à ce qu'il avait vécu l'automne passé, Mr Elton, lui, rougissait jusqu'à la racine des cheveux en entendant les propos de cette jeune étourdie.

– Maria, je crois qu'en la circonstance, il faut féliciter Mr Elton et lui souhaiter un bonheur aussi grand que celui de votre sœur et de Mr Collins, intervint Elizabeth sincèrement soucieuse de clore un sujet qui semblait, pour certains, fort sensible.

– Mon mari tient beaucoup à vous montrer son jardin, je vous invite à le suivre et, lorsque vous reviendrez, nous servirons le thé. De plus, ma cousine Fanny sera probablement revenue de sa promenade, précisa

Charlotte Collins qui avait retrouvé son calme habituel et qui prit le temps de sourire avec gratitude à son amie. Elle se dit également, à cet instant précis, qu'elle se devait d'avoir une petite discussion avec sa cadette… Peut-être que l'influence d'une Lydia Bennet sur une jeune fille aussi impressionnable que Maria n'était pas négligeable et qu'il fallait y remédier assez rapidement. Elizabeth, de son côté, se passa la remarque que son séjour dans le Kent ne serait peut-être pas aussi prévisible qu'elle l'avait imaginé de prime abord. Elle ne croyait pas si bien dire.

Chapitre II

Où on apprend qu'une question amène
la plupart du temps une réponse,
mais que cette dernière n'est pas
nécessairement celle qui était attendue

Dans sa grande bonté, Lady Catherine eut une pensée pour les résidants du presbytère; c'est pourquoi ceux-ci reçurent une invitation à prendre le thé et, par le fait même, à présenter leurs salutations distinguées aux dames de Rosings. Les gens d'Hunsford durent donc supporter, jusqu'à l'heure annoncée, l'immense bonheur qui leur était échu. Ses invités à lui, William Collins, étaient dignes de fréquenter les salons de Sa Grâce; il ne s'en remettait tout simplement pas! Miss Price l'écouta sans jamais sembler fléchir dans son intérêt, ce qu'admira discrètement Elizabeth qui n'avait pas ce degré de patience envers son cousin. Ce que ne savait pas cette dernière, c'est que Fanny Price avait eu maintes fois l'occasion d'exercer ce talent en s'occupant de sa tante Lady Bertram. Anxieuse, Maria avait changé de robe deux ou trois fois jusqu'à ce qu'Elizabeth lui mentionne gentiment qu'on s'en allait prendre le thé et non danser à la Cour de St James. Sur ce point, Sir Lucas eut volontiers donné son avis, mais il fut coupé par un Mr Collins pressé de faire connaître clairement son opinion.

– Mesdemoiselles, puis-je vous rappeler qu'il ne faut vous faire aucun souci au sujet de votre toilette. Lady Catherine ne réclame nullement de vous l'élégance qui sied à son rang et à celui de sa fille. Je vous conseille simplement de mettre ce que vous avez de mieux. Faire plus serait inutile; elle aime que les différences sociales soient respectées.

Comme Fanny Price était vêtue d'une robe aussi discrète que sa propre personne, Elizabeth déduisit donc que ce commentaire s'adressait particulièrement à elle.

– Ce modèle date déjà de quelques années, remarqua-t-elle en lissant méticuleusement les plis de sa robe, et la couleur est sérieusement passée de mode, n'est-ce pas Charlotte? Lady de Bourgh sera, au premier coup d'œil, rassurée, ne vous inquiétez pas, Mr Collins.

– Votre modestie vous honore, ma chère cousine, et je suis certain que Sa Grâce appréciera vos efforts.

– Merci de ces conseils sans lesquels une jeune femme pourrait se sentir déplacée en de telles circonstances. Quelque chose me dit que le révérend Fordyce approuverait la justesse de vos commentaires, souligna Elizabeth le plus sérieusement du monde.

Maria Lucas et Fanny Price suivaient cet échange, ne sachant si elles devaient blâmer ou admirer une invitée faisant preuve d'autant de sens de la répartie.

– Vous avez probablement raison et, étant donné la qualité de mes relations, il est tout naturel que ce rôle me revienne…

– Père, l'interrompit Charlotte Collins, vous souvenez-vous de nous avoir raconté, à Maria et à moi, le jour où vous avez été présenté à la Cour?

Et ce fut au tour de Sir Lucas de se souvenir, avec un plaisir évident, de la qualité de ses relations; ce qui obligea le révérend Collins à se taire, froissé par l'intervention de son épouse. Heureusement, son confrère Elton s'étant rendu à Maidstone pour la journée, il ne perdit donc contenance que le temps de réaliser qu'il allait rapidement se reprendre avec le nombre de fenêtres de la façade ainsi qu'avec le prix de la cheminée du grand salon. Cela le rasséréna, il redevint un hôte disert à souhait jusqu'au moment où les grandes portes de Rosings s'ouvrirent pour lui… et pour les gens qui l'accompagnaient.

Minuit allait bientôt sonner et William Collins n'avait pas encore fermé l'œil. Depuis quelque temps, ses difficultés à trouver le sommeil venaient du fait que Charlotte lui avait refusé l'accès à sa chambre tant qu'il y aurait des demoiselles sous leur toit. Ne se devait-il pas, en tant que pasteur, de protéger l'innocence de ces jeunes filles de bonne famille? Il avait donc dû travailler plus fort pour obtenir un repos réparateur et il avait fini par l'accepter comme une épreuve digne de son état… et qui ne serait que temporaire. Mais en ce moment, ce n'était point le souvenir de son devoir conjugal qui le perturbait, non, c'était ce qui s'était passé à Rosings à l'heure du thé. Si Maria Lucas était restée silencieuse, c'est qu'elle se trouvait devant une grande dame et que le rang de celle-ci appelait toute jeune fille de quatorze ans à un silence poli et respectueux. Bien sûr, il ne lui serait pas venu à l'esprit que Charlotte avait sermonné sa cadette après ce qui était survenu à l'arrivée de leurs invités quelques jours auparavant. La somme des deux faits avait rendu Maria aussi sage qu'une image, sa crainte étant qu'on la retourne à Lucas Lodge avec son père dès le lendemain. Si Sir Lucas avait été à la hauteur, c'est qu'il avait acquiescé à tout ce que Lady Catherine avait dit et n'avait pas dit, au cas où elle aurait décidé de le dire; ce qui lui avait valu le condescendant sourire de cette dernière. Miss Price avait simplement continué à être elle-même, ce qui ne pouvait que plaire à leur hôtesse. Il avait même constaté que Miss de Bourgh avait adressé la parole à quelques reprises à la jeune femme. Celle-ci avait répondu avec beaucoup de gentillesse et avait amené un vrai sourire sur les lèvres pâles de son interlocutrice. Rien de l'échange n'avait échappé à Lady Catherine qui, après avoir semblé hésiter sur l'attitude à prendre, avait souri et complimenté Charlotte sur l'amabilité de sa parente. Mais voilà, on en arrivait au sujet d'insomnie du révérend Collins : sa cousine Elizabeth Bennet. Sa bienfaitrice avait daigné s'intéresser à la famille dont l'*entail* faisait de lui l'héritier du domaine de Longbourn, cependant elle avait cru bon d'ajouter qu'elle n'approuvait pas une disposition dépossédant les femmes de lignée directe et qu'évidemment ce n'était pas le cas de Rosings. Mr Collins avait deviné que c'était *le* point sur lequel Elizabeth Bennet aurait été d'accord avec leur hôtesse alors il s'était empressé d'orienter la conversation vers un autre sujet, en vain. Lady Catherine avait démontré une grande curiosité qu'il n'aurait pas fallu restreindre au risque de se voir peut-être diminuer dans l'estime de sa protectrice. William Collins n'avait plus eu qu'à ployer l'échine en attendant que l'heure du thé se termine, et c'était bien la première fois qu'il souhaitait écourter une visite à Rosings! Il osait à peine se remémorer la surprise de Lady Catherine lorsque Elizabeth avait précisé que toutes les filles de la maison assistaient aux soirées et aux bals même si les plus âgées n'étaient pas encore mariées, qu'elles n'avaient pas d'institutrice, n'en avaient jamais eu et qu'il n'avait pas été question de les mener à Londres prendre des cours de dessin, de musique et de tout ce qui fait les jeunes filles accomplies. Devant l'air horrifié – oui, horrifié! – de leur hôtesse, Mr Collins avait jeté un regard réprobateur à sa cousine; cela n'allait-il pas compromettre les privilèges accordés par sa bienfaitrice? Que cela était humiliant! Et Miss Bennet en avait rajouté en tenant tête à Lady Catherine alors que celle-ci avait insisté pour savoir son âge. Cela lui avait valu un regard à la fois outré et interloqué de son interlocutrice qui rencontrait, pour une rare fois, une personne assez téméraire pour s'amuser de sa grande générosité. N'avait-elle pas fait preuve d'une grande hospitalité en s'intéressant aux invités de son pasteur? On aurait dû l'en remercier. Finalement, Mr Collins avait pris la parole, demandant à Sa Grâce le temps qu'il ferait le lendemain. Cela avait rendu un léger sourire à cette dernière qui, après avoir énoncé son verdict, avait ordonné que la voiture soit avancée. Il s'était alors confondu en remerciements, espérant par sa dévotion faire oublier ce qu'il y avait de malséant dans les réponses de sa cousine. Et tout cela tourbillonnait dans sa tête l'empêchant de s'endormir. Heureusement pour lui, la fatigue aidant, il finit à son insu par sombrer dans un profond sommeil; le sommeil du juste, de celui qui n'avait plus à démontrer que l'intelligence n'était pas indispensable pour parvenir là où il se trouvait. Par conséquent, rien – pas même Elizabeth Bennet – ne pouvait nuire à son excellente condition de pasteur d'Hunsford.

Le printemps suivait tranquillement son cours et Elizabeth découvrait les charmes du Kent. Il faut dire qu'en ce magnifique début d'avril, il aurait été difficile de ne pas être sensible à la nature environnante. Les jardins travaillés de Rosings avaient plus ou moins intéressé la jeune femme, par contre les sentiers sous le couvert des grands arbres l'avaient attirée et elle y faisait de longues et délicieuses promenades. Ce qui aurait sûrement déplu à Mrs Bennet si cette dernière l'avait su mais, Longbourn étant éloigné d'environ cinquante miles, on ne devait donc pas s'en inquiéter outre mesure. En fait, l'inquiétude d'Elizabeth était surtout dirigée vers Cheapside d'où Jane lui avait récemment écrit.

Londres, le 6 avril 1811

Chère Lizzy,

J'espère que les paysages du Kent sont à la hauteur de tes attentes et que tu profites de ce merveilleux début de printemps pour découvrir les environs d'Hunsford. Transmets à Mr Collins et à Charlotte mes salutations les plus sincères. Ici, le beau temps nous permet de sortir beaucoup plus souvent et j'accompagne nos petits cousins au parc presque quotidiennement. C'est un plaisir de les voir jouer avec autant d'entrain et ils ont des bonheurs si simples que je me prends parfois à les envier un peu.

Je dois te confier un événement qui m'a peinée lorsque j'en ai pris connaissance dans la dernière lettre de mon amie Elinor Dashwood. Elle m'a écrit de Barton Cottage pour me raconter comment s'était passé leur retour. Tu te souviens que je n'ai pu te présenter sa soeur lors de notre sortie à Kensington Park, cette dernière, en fait, vivait une peine d'amour qu'elle semblait avoir beaucoup de difficulté à surmonter. Eh bien, à Cleveland où ils devaient passer la nuit, quelque chose est arrivé à Marianne et on a craint très sérieusement pour sa vie. Si l'histoire se termine tout de même assez bien, c'est grâce au dévouement du colonel Brandon. En ce moment, Marianne serait en convalescence. Elinor termine sa lettre en mentionnant que ce drame a renforcé leur lien et qu'elles tentent maintenant, à travers toutes ces peines et ces regrets, de retrouver un certain équilibre. Lizzy, penser à ce que vivent mes amies me chagrine beaucoup…

On comprend, avec de telles nouvelles, qu'Elizabeth préférait la plupart du temps la solitude tranquille d'un petit sentier ombragé à l'exubérance d'une Maria découvrant que le monde ne s'arrêtait pas à Meryton. Charlotte emmenait donc fréquemment sa cadette au village pour y faire les achats nécessaires à la bonne tenue de la maisonnée. Quant à Fanny, dont le tempérament calme et réservé avait attiré l'attention de Miss de Bourgh, elle se voyait presque quotidiennement invitée à faire le tour du domaine en phaéton. Lady Catherine avait d'abord craint que Miss Price, qui ne pouvait prétendre au même rang que sa fille, ne soit pas à la hauteur, mais elle s'était rappelé avec à-propos que la jeune femme avait été éduquée chez Sir Thomas Bertram, baronnet, et qu'elle montrait des manières irréprochables. Anne de Bourgh put donc se lier d'amitié avec la cousine de Mrs Collins.

*****

Quand Fitzwilliam Darcy avait appris que John Constable avait loué une demeure dans Soho, il avait pris rendez-vous avec celui-ci. Non pas que le peintre fut un artiste vraiment connu, mais il avait une façon particulière d'interpréter la nature et cela avait attiré l'attention du jeune Darcy encore étudiant à Cambridge. Ce dernier se souvenait être allé, accompagné de son père, voir l'exposition de la Royal Academy et être tombé en arrêt devant *Lisière d'un bois* de ce jeune peintre du Suffolk. Et voilà qu'il avait maintenant eu l'occasion de le rencontrer, de discuter avec lui afin de comprendre un peu mieux sa démarche. Il descendit l'escalier, se retrouva sur Fritz Street et décida de marcher jusqu'à son club où il devait rejoindre son cousin. Le soleil réussissait à percer la fine grisaille qui stagnait au-dessus de Londres; heureusement cela était moins oppressant qu'en mars où on avait sûrement battu des records en matière de nuages de suie. Certains quartiers avaient vécu dans un brouillard à couper au couteau pendant plusieurs semaines. Darcy soupira comiquement, son valet aurait un peu plus de travail lorsqu'il rentrerait à la maison; en effet, comment pouvait-on conserver la blancheur d'une chemise ou d'une cravate en déambulant dans la Cité? Arrivé dans St James Street, il n'eut que quelques pas à faire et s'engouffra chez White's où, après avoir salué quelques-unes de ses connaissances, il se retrouva confortablement assis en face du colonel Fitzwilliam.

– Fitz, heureux de te faire sortir de ton antre! À voir la poussière sur tes bottes, on pourrait croire que tu es venu à pied… Je me trompe?

– Non, ta perspicacité est à toute épreuve. Et toi aussi, tu sembles avoir utilisé le même moyen de transport que moi, fit son cousin en pointant du doigt le bout de la canne qui était appuyée près du fauteuil de son interlocuteur.

– Tu as raison. J'ai croisé Thomas Lord en sortant du café St James et j'ai fait un bout de chemin avec lui. Savais-tu que, durant l'hiver, il a déménagé le Marylebone Cricket Club?

– Oui, je me rappelle avoir lu la nouvelle je ne sais plus exactement quand… Je n'ai pas eu, d'ailleurs, l'occasion de le croiser depuis un certain temps.

– Il va bien, mais se demande si le nouvel emplacement sera à la satisfaction des membres. Comme je lui apprenais que j'allais te rejoindre, il s'est remémoré la fois où tu étais venu à Londres et que, pour te changer les idées, je t'avais traîné au match qui opposait Eton et Harrow.

– Comment pourrais-je ne pas m'en souvenir… C'était deux mois après le décès de mon père… Eton avait gagné, précisa Darcy en déposant le verre qu'on venait de lui apporter. Et te souviens-tu de la réaction du jeune Byron alors qu'Harrow allait être battu?

– Oh oui! Qui pourrait l'avoir oubliée? Il paraît qu'il est toujours aussi entier, pour ne pas dire excessif. C'est John Hobhouse qui me confiait cela récemment car il le connaît bien. Ils sont partis ensemble, l'an passé, effectuer un Grand Tour. Par contre, lui n'avait pas le choix et a dû revenir alors que Byron continuait son voyage.

– Comment cela?

– Il m'a avoué s'être endetté et que son père avait exigé en échange du paiement de ses dettes qu'il entre dans l'armée, d'où ma rencontre avec lui, et ne vive que de sa solde. Je pense que cela a considérablement refroidi ses idées de grandeur… dit en souriant d'un air entendu le colonel.

– Si tu veux mon avis, je dirais qu'il y a une leçon à retenir : ne pas être dans le sillage du jeune Byron trop longtemps si on ne veut pas en subir les conséquences.

– Fitz, puis-je te rappeler que Byron est à la Chambre des Lords depuis maintenant deux ans…

– Puis-je également te rappeler, Richard, qu'il est l'auteur d'*Heures d'oisiveté*, oeuvre que je ne voudrais pas voir dans les mains de ma jeune soeur. Tiens, puisqu'on parle d'oeuvres, j'arrive de chez John Constable, un peintre, selon moi, fort prometteur.

– J'ai donc ici la preuve que tu fréquentes la Société, que tu as surmonté ta peine d'amour; c'est Lady Matlock qui sera rassurée!

Darcy leva les yeux, exaspéré par l'idée fixe du colonel. Ce dernier, qui avait à peu près le même intérêt pour la peinture que pour l'archéologie, apprit bien malgré lui que John Constable voyait son art comme une transposition de la nature et non comme une reproduction fidèle, qu'il tenait à exprimer ce qu'il ressentait. Le fils cadet du Comte de Matlock, dont la vision de l'art s'arrêtait aux grands portraits des ancêtres qu'il avait toujours vus dans la grande galerie du manoir paternel, dut écouter une seconde fois les explications de son cousin. N'avait-il pas retenu la leçon? On évite de parler de peine d'amour à Fitzwilliam Darcy, même sous forme de plaisanteries.

– Si tu voyais un de ses tableaux, tu constaterais que Constable peint la nature dans ce qu'elle a de plus simple, de plus vrai; les couleurs s'étalent créant des formes qui prennent vie comme si le vent les modelait sur son passage et que dire de la finesse de…

Darcy s'interrompit brusquement, une vision l'envahit : celle d'une jeune femme courant dans un sentier ombragé, sa silhouette claire disparaissant derrière un bosquet, vive, sans artifices…

– Fitz, je constate que la peinture de cet artiste te rend, j'oserais dire, lyrique! Qui, connaissant le maître de Pemberley, l'aurait cru?

– Te voilà, comme toujours, en train de te divertir à mes dépens. Où en étais-je? Ah oui! Constable m'a montré une toile, *Paysage avec cottages*, il l'a peinte l'an passé; elle m'a infiniment plu. Il n'est pas exclu que j'acquière cette œuvre. Puis il m'a permis de jeter un œil sur celle sur laquelle il travaillait récemment; c'est un moulin dans une campagne tranquille, tout comme celle du Derbyshire. En le quittant, je l'ai invité à Pemberley s'il passe un jour dans la région, je suis certain qu'il y trouverait beaucoup d'inspiration.

– Eh bien! Voir Fitzwilliam Darcy aussi enchanté m'épate! Tu sembles captivé par son oeuvre comme tu serais captivé par une charmante jeune femme…

– Avec toi, on ne peut aborder un sujet un tant soit peu sérieux sans que tu le tournes en dérision! s'exclama Darcy un peu trop vivement.

Après tout, ce n'était qu'une boutade de la part de son cousin. Cela pourtant le laissa songeur et, pour reprendre contenance, il dut avaler une longue gorgée de brandy. Elle était donc toujours là, tapie dans son inconscient, surgissant sans prévenir et le laissant sans voix. À quoi donc avaient servi tous ses efforts pour oublier ces yeux-là? Il n'aurait eu qu'à se rendre dans quelques-uns des salons huppés de la société londonienne et y aurait croisé de nombreuses jeunes femmes bien nées, accomplies, prêtes à tout pour attirer son attention. Mais il devait se rendre à l'évidence, ces yeux-là éclipsaient par leur éclat tous les autres.

– La voiture sera prête à quitter Grosvenor Square dès le début de la matinée après-demain. Cela te convient-il?

– Bien sûr. Il m'est infiniment agréable, alors que je suis en congé, de m'extirper du lit aux aurores dans l'expectative de voir notre chère tante, ironisa le colonel. Je plaisante, Fitz! Sur ce, je te laisse; nous dînons en famille ce soir, mon frère et son épouse sont de passage à la maison… et tu connais Lady Matlock en matière de ponctualité. Mes salutations à Georgiana, dis-lui que je la verrai juste avant notre départ si elle réussit à s'extraire du confort de son lit.

Le trajet n'était pas très long et malgré l'arrêt habituel à Bromley, l'équipage arriva en vue des terres de Rosings un peu après midi. Devant le presbytère d'Hunsford, les voyageurs eurent le temps de voir furtivement une silhouette s'incliner bien bas à leur passage; ce qui amena un léger rictus sur les lèvres de Fitzwilliam Darcy.

– Ainsi, nous venons d'entr'apercevoir ce révérend si estimé de Lady Catherine, constata le colonel à qui la scène n'avait pas échappé.

– En effet, Richard, j'ai presque hâte que tu constates par toi-même ce qu'il en est du personnage. Prépare-toi, cela nécessite une bonne dose de patience. Par contre, je dois te dire que Mrs Collins est une jeune femme tout à fait correcte et bien éduquée.

– J'en prends bonne note, répondit son cousin sur un ton amusé. Peut-être que notre séjour sera un peu plus intéressant que d'habitude, non?

– Intéressant… je ne sais si j'emploierais ce qualificatif pour décrire les rapports que nous aurons avec Mr Collins et ses proches.

Le majordome ouvrit les portes de la demeure et s'inclina respectueusement à l'arrivée des deux visiteurs. Ceux-ci se retrouvèrent rapidement dans le grand salon où leur tante les attendait impatiemment, convaincue qu'ils avaient au moins une demi-heure de retard et cela, bien sûr, était inexcusable. Devant l'air imperturbable du maître de Pemberley et le petit sourire en coin du colonel; elle dut convenir que le plus important était qu'ils soient arrivés sans problème. Tout de même, une trentaine de minutes, c'était une dizaine de minutes de plus que l'année précédente et que penser du retard d'il y avait deux ans… Suite à cette entrée en matière ridicule, mais maintes fois répétée, ils purent échanger quelques nouvelles.

– Vous vous demandez sûrement où est votre cousine et si elle se porte bien.

– Il va s'en dire, Lady Catherine, répondit laconiquement Darcy.

– Rassurez-vous, elle va bien. Elle a simplement dû prendre quelque repos afin d'être présente au dîner. Sachant votre arrivée imminente, j'ai tenté de la dissuader de sortir, mais elle a insisté pour faire sa promenade en phaéton avec Miss Price. Comme je vous l'avais écrit, Fitzwilliam, ma chère Anne se porte de mieux en mieux.

– Lady Catherine, nous ne pouvons que nous réjouir de cette nouvelle, assura le colonel.

La maîtresse de Rosings lui accorda peu d'attention, son regard posé sur son autre neveu montrait clairement ce qu'elle attendait de cette visite… et elle l'attendait depuis au moins cinq ans, Anne ayant, à quelques mois près, le même âge que l'héritier de Pemberley. Quand ce dernier allait-il enfin se décider à épouser sa fille? N'étant pas patiente de nature, Lady Catherine avait dû tempérer gestes et paroles puis s'astreindre à suivre en spectatrice – et cela n'était vraiment pas dans son caractère – l'évolution de ce projet qui lui tenait tellement à cœur. Richard Fitzwilliam, au courant de toutes ces tractations, décida d'orienter la conversation vers un sujet qu'affectionnait particulièrement sa tante.

– Dans votre dernière lettre, vous faisiez part à Darcy de votre plaisir à recevoir la Vicomtesse Dalrymple et Miss Carteret; ces dames vont-elles bien?

– Je crois que ce séjour ici, à Rosings, leur a permis de bien se reposer, surtout qu'elles retournaient ensuite à Bath où elles devaient encore passer quelques semaines. Anne, dont la santé n'a pas permis de fréquenter régulièrement des jeunes femmes de son rang, a apprécié la venue de Miss Carteret.

– Je suis heureux d'apprendre qu'Anne a pris plaisir à cette visite, dit Darcy du ton le plus neutre possible.

Comment montrer un certain intérêt envers sa cousine sans tomber dans les pièges de sa tante? La ligne étant ténue, Darcy devait déployer des efforts constants pour maintenir cet équilibre chaque fois qu'il venait dans le Kent. Une longue pratique lui permettait de s'en sortir quasi indemne mais, le temps passant, la pression se faisait de plus en plus sentir. Il réalisait qu'il lui faudrait bientôt régler ce quiproquo et cela, visiblement, ne se ferait qu'au prix d'une discussion houleuse.

– Je me suis toujours demandé, reprit le colonel pour faire diversion, si le général Dalrymple qui a négocié la Convention de Sintra après la défaite des armées de Junot à Vimeiro avait un lien de parenté avec la Vicomtesse.

– Certes… il y a un lien, répondit un peu à regret Lady Catherine, Sir Hew Dalrymple est un parent de feu le

Vicomte… mais Lady Dalrymple est peu encline à en parler.

– On peut aisément la comprendre, ajouta vivement Darcy en se remémorant l'enquête qui avait suivi la Convention.

– En effet, conclut le colonel qui, à bien y penser, aurait préféré qu'il n'y ait aucun lien lorsqu'il s'aperçut que sa tante le toisait avec suspicion.

Lady Catherine ne tolérait en aucun cas qu'on émette une critique à l'égard des gens qu'elle fréquentait et qu'elle estimait compte tenu de leurs grandes qualités, celles-ci ayant trait surtout à leur rang dans la société, à leur fortune ou à la grandeur de leur domaine. Comment son neveu osait-il soulever la question… lui, le fils cadet d'un comte alors que son pasteur, fils d'on ne sait qui et arrivé d'on ne sait où, avait parfaitement compris cela?

– Darcy, fit Lady de Bourgh en se tournant vers ce dernier, il semble que je n'aurai pas à vous présenter certains des visiteurs d'Hunsford. Le révérend Collins et son épouse m'ont expliqué que vous aviez fait leur connaissance lors de votre séjour en Hertfordshire. C'est bien cela?

– En effet, Lady Catherine, j'ai eu le plaisir de rencontrer Mrs Collins avant son mariage et…

– C'est ce que m'a précisé Sir William Lucas, le coupa la maîtresse des lieux. Je dois vous dire que ce dernier est reparti jeudi matin. Toutefois, Miss Lucas et Miss Bennet qui l'accompagnaient sont restées, vous les verrez donc bientôt.

Darcy pâlit et son regard se dirigea vers la fenêtre d'où on pouvait voir l'allée de gravier menant au presbytère. Miss Bennet… laquelle? Il ferma les yeux une seconde, le temps de se rappeler que la meilleure amie de Charlotte Collins était bel et bien Elizabeth. Elle était donc ici, tout à côté, et il allait devoir la côtoyer… sans se trahir, en présence de son cousin…

– Lady Catherine, il sera sûrement agréable de fréquenter les gens d'Hunsford pendant notre séjour, déclara le colonel qui eut quelque difficulté à cacher son enthousiasme.
Il faut dire qu'il parlait d'expérience; les séjours dans le Kent apportant généralement leur lot d'ennui et de désoeuvrement. Au même moment, Darcy tentait de reprendre le fil de la conversation, espérant avoir caché son trouble à ces interlocuteurs.

– Il est vrai que ces gens apportent un certain agrément aux soirées, surtout depuis le départ de Lady Dalrymple et de Miss Carteret. Il y a tout de même une invitée que vous ne connaissez pas, Darcy, Mrs Collins héberge une petite cousine, Miss Price, qui est fort bien éduquée et à qui Anne a eu l'obligeance d'accorder son amitié.

– Eh bien, je pense, compte tenu de mes liens avec ces gens, qu'il serait de bon aloi que j'aille présenter mes vœux de bonheur aux Collins ainsi que mes salutations à Miss Lucas et à Miss Bennet. Que diriez-vous de m'accompagner, Colonel? Soyez sans crainte, Lady Catherine, nous serons de retour pour le thé.
Et avant même que Lady de Bourgh ait pu émettre un avis sur le sujet, Darcy s'était incliné brièvement et avait quitté la pièce, un Richard Fitzwilliam, ébahi par ce comportement insolite, sur ses talons. Du jamais vu! Depuis quand le fier Fitzwilliam Darcy se rendait-il saluer des gens de moindre importance dans des lieux qu'il ne fréquentait jamais? Alors qu'il descendait le grand escalier de l'entrée principale, Darcy tourna la tête vers son cousin et vit son regard interrogateur.

– Simple question de courtoisie, Richard.

– Je n'en ai pas douté une seule seconde, Fitz!

Sa promenade favorite menait Elizabeth vers un petit bois qui longeait l'un des côtés du parc et elle s'y rendait souvent pendant que ses hôtes vaquaient à leurs occupations et que Fanny se promenait avec Miss de Bourgh. Elle y avait découvert un sentier sinueux qui la menait à une petite clairière où personne ne semblait venir et où elle se sentait à l'abri des curiosités indiscrètes de Lady Catherine. Elle partait donc, un livre sous le bras, heureuse de se retrouver seule, de lire sous le feuillage d'un saule et d'oublier, pendant quelque temps, les querelles des deux benjamines, l'état des nerfs de sa mère, les reproches à peine voilés de Mary ou les commentaires acrimonieux de son cousin.

[...]

Les oiseaux jouaient vifs et prestes;
Si je ne puis voir en leur cœur,
Le moindre de leurs menus gestes
Semblait un frisson de bonheur.

Les branches tendaient vers la brise
Leurs doigts en fleur pour la saisir.
Comment faire, qu'on me le dise,
Pour ne pas voir là du plaisir?

Si tel est le monde où nous sommes,
Si l'arbre et l'oiseau sont heureux,
Ai-je tort de plaindre les hommes,
Songeant aux maux créés par eux?

[...]

Soudain lui revinrent en mémoire la peine de Jane et les efforts que cette dernière faisait pour lui cacher sa tristesse. Elle reprit sa lecture de Wordsworth l'espace d'une ou deux pages pour ensuite lever les yeux et s'imprégner de la nature si bien dépeinte dans la poésie. Son regard croisa au loin les cheminées de la grande demeure de Rosings. Sa pensée glissa alors vers la condescendante Lady Catherine puis, subrepticement, vers son non moins hautain neveu. Celui-là même qui, selon George Wickham, allait épouser la pâle et effacée

Miss de Bourgh… un couple qui serait bizarrement assorti, il fallait en convenir, non?! De Mr Darcy, son esprit alla tout naturellement vers Charles Bingley. Comment pouvait-il s'être laissé manipuler par ses deux sœurs? N'était-il pas maître de ses choix? N'avait-il pas vu l'intérêt de Jane? Il est vrai que son aînée était la discrétion incarnée… avec une telle famille, il valait mieux garder pour soi pensées et émotions; c'était simplement une question de survie. Ses réflexions ayant assombri son humeur, Elizabeth décida de retourner au presbytère. Charlotte devrait bientôt être de retour et une conversation tournant autour d'un point de broderie, d'un plant de concombre ou de tout autre sujet éminemment domestique serait la bienvenue. Mais il était dit qu'elle ne trouverait pas tout de suite ce genre d'échanges.

Elle ralentit sa course avant d'arriver dans l'allée de gravier, afin de reprendre son souffle et de renouer les rubans de son chapeau. Mr Collins n'appréciait pas qu'une jeune femme de bonne famille, *a fortiori* sa parente, n'eût pas à toute heure du jour une parfaite tenue… et retenue. Hélas! Avant qu'elle ait pu remédier à son apparence, la porte s'ouvrit brusquement laissant le passage à son cousin. Celui-ci, en proie à une certaine anxiété, jeta un œil à droite puis à gauche et l'aperçut enfin. Il semblait bien que c'était elle qu'il cherchait à l'air contrarié qui se dessina sur son visage.

– Mon Dieu! Cousine Elizabeth, où étiez-vous? Vous semblez essoufflée et votre chapeau… Que penseront nos visiteurs en vous voyant? se lamenta un Mr Collins à la limite de l'exaspération.

Elizabeth fut tentée de répondre qu'elle pouvait fort bien faire demi-tour et disparaître dans un petit boisé afin de n'offusquer personne, mais elle se ravisa en pensant à son amie.

– Charlotte ne m'avait pas avertie que vous attendiez des invités sinon je serais demeurée au salon, il va sans dire, déclara la jeune femme qui espérait calmer un peu son parent en montrant sa bonne volonté. De plus, comme je n'ai vu aucune voiture devant la maison, il ne m'est pas venu à l'esprit qu'on vous faisait visite.

– Il ne sert plus à rien de discuter, cousine Elizabeth, on vous attend au salon depuis un bon quart d'heure, fit William Collins en montrant la porte restée ouverte pendant l'échange.

C'est donc le rose aux joues et les yeux encore brillants, sans oublier l'état de ses bottines et du bas de sa robe qu'Elizabeth fit son entrée. Aussitôt, deux gentlemen se levèrent et s'inclinèrent vers elle. Encore aveuglée par la lumière éblouissante du soleil, elle ne put distinguer que la silhouette des visiteurs. C'est la voix qu'elle reconnut alors qu'on faisait les présentations. Comment auraitelle pu oublier le propriétaire de cette voix basse aux inflexions parfois arrogantes, parfois vives avec lequel elle avait eu maille à partir plus souvent qu'à son tour? Mr Darcy! Elle essaya tant bien que mal de replacer quelques mèches alors qu'elle retirait son chapeau; le résultat ne fut guère convaincant, elle en était tout à fait consciente. Contre toute attente, elle se mit à rire, rire de toute cette situation absurde où il aurait fallu, semble-t-il, sauver les apparences mais elle ne le pouvait… ni ne le voulait. Mr Darcy lui avait maintes fois fait sentir, par ses regards souvent hautains et surtout par son commentaire réprobateur pendant la soirée de Meryton, ce qu'il pensait d'elle. Alors Elizabeth allait lui permettre de se conforter dans l'opinion qu'il avait d'elle, un point c'est tout. Pendant que ses pensées s'agitaient à toute vitesse dans sa tête, elle eut tout de même le réflexe de rendre leurs salutations aux deux visiteurs. C'est un certain colonel Fitzwilliam qui s'adressa à elle de façon fort agréable. Peut-être était-il aveugle, après tout! Non, il semblait plutôt amusé par la situation et n'en fut que plus affable lors de la discussion qui suivit. Heureusement, Charlotte et Fanny, en jeunes femmes bien éduquées, avaient dirigé la conversation vers les lieux communs habituels : température, beauté de la région, état des routes… laissant à Elizabeth le temps de se ressaisir. Celle-ci, se sentant observée, leva les yeux et rencontra le regard intense de Fitzwilliam Darcy. Ce dernier, que son hôte semblait ennuyer avec ses discours pompeux, lui fit un petit sourire contrit. Sans y penser, elle lui rendit son sourire; ce qui lui fit réaliser soudainement ce que sa conduite avait d'inconvenant. Elle voulut alors la corriger et s'intéressa au colonel Fitzwilliam. Elle découvrit que cet homme élancé, au début de la trentaine, n'était peut-être pas aussi bel homme que le maître de Pemberley, mais qu'il remédiait à ce manque par une évidente distinction, une grande amabilité et un bon sens de l'humour, ce qui n'était pas pour lui déplaire.

– Nous venons ainsi, chaque année, passer un certain temps à Rosings afin d'aider Lady Catherine dans la gestion du domaine. Ce travail est plutôt dévolu à mon cousin qu'à moi, comme vous pouvez bien l'imaginer.

– Et comment alors comblez-vous vos journées, Colonel? demanda Maria Lucas qui, une fois la timidité devant d'aussi illustres visiteurs envolée, retrouvait sa spontanéité.

– Ah! Miss Lucas, je fais seller un cheval et je sillonne les terres. Je dépoussière la salle de billard et je mets de l'entrain dans la vie bien tranquille de ma cousine Anne, confia en riant son interlocuteur.

Puis se tournant vers Fanny Price, il ajouta : « Il semble que Darcy et moi devions vous remercier, Miss Price, pour la gentillesse que vous démontrez envers Miss de Bourgh. Ma tante nous a mentionné, dès notre arrivée, comment ces promenades en phaéton où vous l'accompagnez depuis quelque temps plaisent à sa fille.

– Tout le plaisir est pour moi, Colonel. Miss de Bourgh est charmante et, à la faveur de ces sorties, me témoigne beaucoup d'amitié, j'en suis touchée.

– Et vous, Miss Bennet, il paraît, selon l'expression de Mrs Collins, que vous arpentez les moindres coins et recoins des environs, fit Richard Fitzwilliam sur un ton taquin. Je pense sincèrement en avoir eu la preuve… il y a à peine quelques minutes.

Elizabeth ne put s'empêcher de rougir en entendant l'allusion à son arrivée. À sa grande surprise, c'est Mr Darcy qui vint à sa rescousse.

– Miss Bennet, on ne vous a pas prévenue que mon cousin qui a passé beaucoup de temps dans les casernes doit s'ajuster à la bonne société. Il semble que cet ajustement reste encore à parfaire.

– Oh! Votre cousin a tout de même un peu raison, Mr Darcy. Et comme le colonel semble avoir beaucoup de métier, il ne sera donc pas rebuté à la perspective d'une marche d'au moins trois miles et à la vue d'une paire de bottines poussiéreuses, du moins je l'espère, ajouta Elizabeth d'un air espiègle.

Le colonel éclata de rire, Darcy ne put réprimer son sourire qui s'accentua lorsque la jeune femme haussa légèrement un sourcil provocateur en le fixant intensément pendant quelques secondes. Il reconnaissait bien là l'esprit de répartie qui lui plaisait tant chez Elizabeth Bennet. Il réalisa alors que cela lui avait manqué, qu'il en aurait volontiers redemandé. Puis la magie disparut quelques instants plus tard quand elle lui demanda s'il avait croisé, à Londres, sa sœur Jane qui y résidait depuis quelques mois. Bien que la question ait semblé innocemment posée, il crut y déceler une certaine intention de la part de son interlocutrice. C'est ce moment que choisit Maria Lucas pour expliquer qu'ils étaient passés par Londres avant de venir dans le Kent et qu'Elizabeth et elle en avaient profité pour sortir avec Jane et rencontrer des amis de cette dernière. Les précisions de la jeune fille permirent à Darcy de se ressaisir et de déclarer, sur un ton qu'il souhaitait le plus neutre possible, qu'il n'avait pas eu l'honneur de croiser Miss Bennet, car il avait beaucoup travaillé ces derniers temps et était donc peu sorti. Assez piètre menteur, aurait déclaré son cousin… et Darcy n'aurait pu le contredire, surtout lorsqu'il vit Elizabeth hausser un sourcil, cette fois-ci, interrogateur. À la fin, lorsque les deux gentlemen se retirèrent après les salutations de circonstance, il semblait évident que le colonel aurait bien aimé prolonger sa visite et que Fitzwilliam Darcy aurait bien aimé l'écourter.

Chapitre III

Où différentes circonstances amènent différentes décisions qui elles-mêmes amènent différents résultats auxquels on ne s'attendait peut-être pas

Elizabeth déambulait tranquillement au côté de Charlotte Collins. Les allées du potager parfaitement rectilignes ne souffraient la présence d'aucune mauvaise herbe. Son cousin se faisait un devoir de chasser toute intruse de son royaume végétal et cela lui valait les félicitations de Lady Catherine, ce dont il n'était pas peu fier. Devant les laitues qui dressaient leurs feuilles vert pâle, les jeunes femmes s'arrêtèrent.

– Quelque chose me dit que les salades seront excellentes dans les semaines à venir, ma chère Charlotte, constata Elizabeth, un petit sourire en coin à l'adresse de son amie.

– Vous avez raison, Lizzy, c'est ce que j'ai souligné à Mr Collins ce matin avant qu'il ne se dirige vers son bureau où devait le rejoindre Mr Elton. Fanny avait elle-même constaté la vigueur des plants de haricots en train de monter sur le treillis à votre gauche.

Elizabeth admira les plants et surtout la gentillesse dont faisait preuve Fanny Price; jamais elle ne semblait exaspérée par les verbiages sans fin et sans réel intérêt de William Collins. Ce dernier, ayant rapidement oublié les révélations de son épouse à propos d'un certain refus, ne pouvait qu'estimer une jeune femme si soucieuse des convenances, si sensible à la bienséance, si estimée de Lady Catherine. Hélas, il ne pouvait en dire autant de sa cousine Elizabeth.

– Fanny est partie au village avec Maria, elles reviendront d'ici une heure. Je craignais de vous avoir imposé une invitée à la dernière minute, mais je constate que vous semblez bien vous entendre.

– Voyons, Charlotte, qui n'apprécierait pas Miss Price? Je la trouve charmante et agréable à fréquenter, toutefois elle paraît soucieuse. Si cette demande en mariage refusée et ce séjour forcé à Portsmouth où ce jeune homme est venu tenter de la fléchir dans sa décision en sont la cause, je comprends tout à fait ses préoccupations. Peut-être craint-elle qu'il réitère sa demande et que cela la perturbe?

– Il y a plus que cela, Lizzy, mais je ne sais si Fanny me permettrait d'aborder la situation… Elle craint beaucoup que tout cela ne vienne aux oreilles de mon époux, donc à celles de Lady Catherine. Si vous voulez mon avis, elle ne mériterait absolument pas leur réprobation, surtout après la lettre qu'elle a reçue et qui l'a amenée à venir séjourner à Hunsford.

– Cela devait être une très bonne raison, car elle semble une personne fort raisonnable. Si je peux être d'une quelconque aide, Charlotte, n'hésitez pas.

– Merci. En fait, Fanny m'a demandé conseil cependant je ne sais que penser de la situation et encore moins quoi lui suggérer… Je sais que vous n'en parlerez pas, et surtout pas à Rosings. Hélas, il se peut que cela se sache bientôt…

– Que voulez-vous dire, Charlotte? J'espère que cela ne nuira pas à cette douce Miss Price.

– Je vous rassure, ma petite cousine n'a rien à se reprocher. Voici ce qu'il en est : le jeune homme qui la courtisait se serait enfui avec une femme récemment mariée! Fanny a reçu une lettre de la sœur de celui-ci qui lui enjoignait de ne pas écouter les rumeurs et de croire que les sentiments de son frère étaient véritables. Bouleversée, ne sachant plus réellement ce qu'elle devait faire, elle est venue se réfugier ici.

– Mon Dieu, quelle histoire! Je ne peux m'imaginer vivre une telle situation. Peut-être qu'après s'être sentie humiliée, se sent-elle soulagée. Son refus qui semblait un caprice s'avère finalement une preuve de son bon jugement. Ne croyez-vous pas? Et puis le rythme tranquille de la vie à Hunsford doit être un apaisement pour elle; vous avez bien fait de l'inviter.

– Oui, je suis de votre avis… Mais voici mon époux qui revient accompagné de Mr Elton. Ce dernier vient sûrement nous faire ses adieux; il est attendu impatiemment à Bath, paraît-il.

– Ah! Mon instinct me dit, ma chère Charlotte, que Mr Elton n'aura pas la chance de Mr Collins et que la future Mrs Elton ne vous arrivera pas à la cheville! J'avancerais même que c'est une héritière, qu'elle se prétendra fort accomplie et dira à tout un chacun ce qu'il faut faire et ne pas faire!

– Lizzy, ne soyez pas d'aussi mauvaise foi, chuchota une Mrs Collins soucieuse de voir le séjour de son invité se terminer sur une note positive.

Le soir même au salon, les quatre jeunes femmes eurent la chance de pouvoir parfaire leur éducation en entendant Mr Collins s'étendre sur les bienfaits du mariage, sur le fait qu'il ait donné à son confrère plusieurs exemples de son propre bonheur domestique. Il nous reste à imaginer les allusions truffant son propos et on comprendra pourquoi la pauvre Charlotte rougit jusqu'à la racine des cheveux et pourquoi l'innocente Maria écarquilla les yeux, attendant en vain qu'on lui explique ce qui faisait les joies de la vie conjugale.

C'est le claquement des sabots et le bruit assez strident des roues sur le gravier qui attirèrent le regard d'Elizabeth vers le presbytère. Devant l'allée menant à la demeure, une voiture louée venait de s'arrêter et de cette dernière sortit une jeune fille qui se précipita dans les bras de Fanny Price tandis qu'un homme, assis près du cocher, bondit d'un mouvement souple et atterrit devant celles-ci. S'ensuivit une conversation animée à un point tel que personne ne vit la promeneuse s'approcher doucement.

– … tu avais reçu une lettre que je m'apprêtais à t'envoyer lorsque Edmund est arrivé à la maison et m'a expliqué que Sir Bertram voulait que tu reviennes à Mansfield afin d'aider notre tante. De plus, il espérait que je t'y accompagne. N'est-ce pas toute une surprise?!

– Susan, je suis heureuse de te voir ici… Edmund, vous avez l'air fatigué. C'est ce trajet plus long que je vous ai obligé à faire qui n'a pas dû être des plus agréables, vous m'en voyez confuse. Il semble que ma décision ait précipité… et que Maria serait…

– Non, ne vous sentez coupable de rien, je vous en conjure, chère Fanny, nous aurons bien le temps d'en reparler. Pour le moment, je suis très content de vous revoir, avoua le jeune homme en prenant les mains de son interlocutrice dans les siennes. Rassurez-moi et dites-moi que vous revenez à la maison… Nous avons bien besoin de vous.

– Si votre père est d'accord… balbutia la jeune femme en rougissant légèrement… Ah! Miss Elizabeth, puis-je vous présenter ma sœur Susan ainsi que Mr Edmund Bertram de Mansfield Park en Northamptonshire.

Charlotte Lucas invita tout le monde à entrer et réussit même à loger pour la nuit les deux nouveaux visiteurs; Maria avait gentiment accepté de partager sa chambre avec Susan alors qu'Edmund Bertram occuperait la chambre récemment libérée par Mr Elton. D'abord peu enclin à recevoir ces nouveaux arrivants,

Mr Collins changea rapidement d'avis. Ne venait-il pas d'apprendre que ce jeune homme, fils de baronnet, se destinait à l'Église, lui aussi. Il s'empressa donc d'envoyer un message à Rosings pour expliquer la situation en long, en large et en particulier… si bien que l'invitation à dîner fut étendue au fils de Sir Bertram ainsi qu'à Miss Susan. La grande générosité de Sa Grâce atteignit, ce jour-là, des sommets dont on se souviendrait longtemps et avec reconnaissance. Mr Collins ayant pris d'assaut le courtois Edmund Bertram, son épouse dut user de stratégie pour permettre à ce dernier et à Fanny de se parler tranquillement. Elle demanda donc au jeune homme s'il aurait aimé faire le tour du jardin. Celui-ci saisit la balle au bond et affirma que cela l'intéressait prodigieusement et si Miss Price avait la gentillesse de l'y accompagner…

– Mon cher, conseilla Charlotte Collins en se tournant vers son mari, cette visite pour agréable qu'elle est ne doit pas vous faire oublier les devoirs de votre charge. Ce dimanche, il y aura beaucoup de gens à l'église… et des gens de qualité. Comme nous verrons Lady Catherine tantôt, il est inévitable qu'elle s'enquière de votre sermon de Pâques. Or ne m'avez-vous pas dit qu'il n'était pas tout à fait au point?

– Mon Dieu! Mrs Collins, vous faites bien de me rappeler à l'ordre. Pas plus tard qu'avant-hier, Sa Grâce m'a fait l'honneur de me suggérer quelque direction, laquelle me sera une inestimable source d'inspiration, j'en conviens… et j'y cours. Veuillez m'excuser, Mr Bertram, mesdemoiselles, articula leur hôte en s'inclinant vivement, puis il quitta la pièce à grands pas.

L'après-midi se déroula agréablement pour tout le monde ou presque. La fatigue sur les traits d'Edmund Bertram ainsi que l'anxiété mêlée de tristesse dans les yeux de Fanny Price n'échappèrent ni à Elizabeth ni à Charlotte. Il semblait évident que les nouvelles échangées lors de la promenade se révélaient beaucoup moins encourageantes que la croissance stupéfiante de la nouvelle variété de concombres testée par le maître des lieux. Pourtant, lorsque le révérend réapparut afin d'annoncer le départ pour Rosings, les visiteurs affichèrent un sourire et montrèrent un intérêt certain à traverser les parterres bien entretenus du domaine. On peut, sans se tromper, souligner l'excellente éducation de Fanny Price et d'Edmund Bertram qui leur permit de cacher peines et tracas sous un air affable. Ce qui autorisa Mr Collins à décrire les beautés de Rosings avec un lyrisme qui lui était bien personnel : les qualificatifs côtoyant respectueusement les prix de tout ce qui pouvait être vu et admiré.

– Comme je vous le précisais, Mr Bertram, les jardins de Rosings ont attiré l'attention de Miss Price qui s'y est promenée plusieurs fois depuis son arrivée.

– Cela ne me surprend pas, Lady de Bourgh, Miss Price a toujours aimé les parterres de fleurs à Mansfield Park. Elle y a souvent cueilli des roses pour en composer de charmants bouquets que ma mère tenait à avoir dans son petit boudoir.

– Et je tiens à vous en remercier, Lady Catherine, assura Fanny Price en rougissant suite au compliment qu'on lui faisait. Vos jardins m'ont fait penser aux créations du grand paysagiste Mr Humphry Repton.

– Je constate, Miss Price, que vous avez certaines connaissances dans ce domaine, intervint le colonel Fitzwilliam.

Ce qui fit rougir de nouveau la jeune femme.

– Mon neveu a raison. Je me souviens que Sir Lewis avait fortement insisté pour que ce soit Mr Repton lui-même qui crée les jardins de Rosings et ainsi en fut-il fait. Ceux de Mansfield Park sont-ils son œuvre également? s'enquit Lady Catherine en se tournant vers Edmund Bertram.

– Non, Miss Price et moi… avons entendu parler de ce grand paysagiste par… un ami commun, répondit le jeune homme en cherchant ses mots.

– Cet ami a-t-il un grand domaine? Demeure-t-il près de Londres? demanda Lady Catherine, intriguée par les hésitations du son invité.

Constatant que c'était la troisième fois que le rouge montait aux joues de Fanny Price, Charlotte Collins aurait bien aimé prendre l'initiative de diriger la conversation vers un sujet qui éloignerait l'attention de sa cousine, mais elle ne pouvait se le permettre, Sa Grâce étant très stricte sur l'étiquette. Contre toute attente, les secours vinrent de Mr Darcy.

– Puisqu'il est question de Londres et que je connais votre intérêt pour la musique, Lady Catherine, puis-je signaler qu'au début de mai aura lieu la première de *Cosi fan tutte*. J'aimerais y assister avec Georgiana, je pense qu'elle apprécierait cet opéra-comique et moi aussi d'ailleurs.

– J'ai cru comprendre, Mr Darcy, intervint Elizabeth qui avait saisi l'intention secourable de celui-ci, que votre soeur aime beaucoup la musique et est excellente musicienne. L'opéra de Mr Mozart lui fera sûrement plaisir.

– Darcy, reprit leur hôtesse habituée à diriger la conversation à sa guise, j'espère que Georgiana travaille régulièrement, il n'est de progrès sans beaucoup de pratique. C'est ce que j'ai dit à Miss Bennet pas plus tard que la semaine passée. Je lui ai offert de venir pratiquer ici, à Rosings, elle peut aller dans l'appartement de Mrs Jenkinson; elle n'y dérangera personne.

– Voyons, Lady Catherine… commença le colonel Fitzwilliam, embarrassé par les propos de sa tante.

– Sa Grâce a eu l'extrême bonté, précisa Mr Collins qui désirait souligner la générosité de sa protectrice, de s'intéresser au développement du talent de l'une de nos invitées qui lui en a été fort reconnaissante! N'est-ce pas, cousine Elizabeth?
Ladite cousine leva les yeux et vit l'air mortifié de Fitzwilliam Darcy et conclut qu'il apprenait, ce qu'elle avait maintes fois expérimenté, que nul ne peut être tenu responsable du comportement et des paroles de ses proches.
– Bien sûr, Lady Catherine, et je vous en remercie.
Sur ce, on fut invité à se diriger vers la salle à manger où l'art de la table était d'un tel raffinement qu'il laissait, chaque fois, le révérend Collins sans voix. La magie opéra encore ce soir-là, permettant aux autres convives de converser de façon relativement agréable, si on faisait exception des questions et des commentaires incessants de Lady Catherine, bien entendu.

À l'invitation de la maîtresse des lieux, les dames se retirèrent au petit salon tandis que les gentlemen, après concertation, préférèrent se diriger vers la salle de billard plus intime que la grande salle à dîner où toute convivialité était exclue. De plus, on pouvait y échanger sans trop de contraintes, d'autant plus que Sa Grâce avait retenu Mr Collins pour discuter du sermon du dimanche suivant. Edmund Bertram, Fitzwilliam Darcy et le colonel s'y retrouvèrent donc tous les trois avec plaisir; une certaine complicité s'étant installée entre le nouvel arrivant et les deux neveux de l'hôtesse.
– Veuillez excuser les dispositifs offensifs de notre tante et les manoeuvres indigestes du révérend Collins, Mr Bertram, se sentit obligé de dire le colonel en lui tendant un verre de porto.
– Je croyais que le mariage allait raisonner William Collins mais il semble que, malgré les tactiques de son

épouse, l'assiégé ne capitulera pas facilement, ajouta Fitzwilliam Darcy en soupirant.

– Il m'apparaît, constata d'un ton ironique Edmund Bertram, que le mariage se compare à une contrée assaillie où il faut se servir parfois de l'artillerie lourde… Pour ma part, j'opterais probablement… pour la désertion.

– Je dirais que, selon moi, cela exige beaucoup de stratégie pour briser la résistance de l'adversaire sans pour cela mettre en péril les clauses du traité de paix! s'exclama le colonel qui s'amusait beaucoup.

– Par contre, il arrive à l'occasion que l'allié débarque lui-même en territoire « ennemi » et se rende sans difficulté, souligna Darcy pensivement.

– Qu'insinuez-vous, Mr Darcy? interrogea Edmund Bertram qui avait pâli en réalisant que cela pouvait peut-être s'appliquer à son cas.

– Trêve de jeux de mots, fit le colonel, parlerais-tu d'expérience, mon cher cousin?

– Certainement pas, Richard, mais j'avoue qu'il y a quelques mois, j'ai aidé un ami en lui évitant un mariage qui aurait probablement mené à un échec.

– Vraiment? Est-ce que c'était la jeune femme qui était en cause? demanda Edmund Bertram, intéressé.

– Non pas vraiment, elle était fort agréable; c'était plutôt sa famille qui ne convenait pas. Bien que son père ait été un gentleman, j'ai le regret de dire que la mère s'est révélée être une opportuniste notoire. Dès lors, il m'est apparu évident qu'il y avait manipulation maternelle derrière tout cela. En outre, il fallait être aveugle pour ne pas remarquer de sérieuses lacunes au niveau de l'éducation chez les plus jeunes de la maisonnée.

– Mais, si cette jeune femme paraissait réellement éprise, ne crois-tu pas que c'est ce qui comptait vraiment? insista le colonel qui avait déduit avec justesse qu'il était question de Charles Bingley.

– Si cela avait été le cas, Richard, alors je n'aurais probablement pas agi de la même manière. Lorsque j'ai eu l'occasion d'observer plus attentivement cette jeune femme, j'ai eu l'impression que son cœur ne semblait pas facile à toucher. Je suis donc intervenu afin d'éviter à cet ami une plus grande déception et beaucoup de peine, car lui semblait très sérieusement épris.

– Quoi de plus triste que d'aimer sans l'être en retour… soupira Edmund Bertram en finissant son verre.

– Voyez où mène ce genre de mariage! crut bon d'interrompre le colonel qui voulait alléger l'atmosphère.

En disant cela, il brandissait le journal qu'il étala sur la table de billard. Mettant le doigt sur un entrefilet, il lut sur un ton qui se voulait humoristique : « ... *annoncer avec d'infinis regrets... un éclat matrimonial dans la famille de Mr R. de Wimpole Street; Mrs R., ... qui promettait de devenir l'une des brillantes personnalités... a quitté le toit conjugal en compagnie du séduisant Mr C., ami intime de Mr R....* »

– Bien que cela me fasse sourire, admit Darcy, je plains sincèrement ce Mr R.

– Heureusement, nous sommes tous les trois célibataires! s'exclama Richard Fitzwilliam.

– Messieurs, je vous trouve enfin! claironna Mr Collins en entrant en trombe dans la pièce. Sa Grâce et moi-même venons de terminer d'œuvrer pour le bien spirituel de la paroisse. Elle m'envoie vous quérir afin de vous mener auprès de ces dames.

L'homme s'inclina si bas qu'il faillit perdre l'équilibre, mais cela en valait la peine; ne côtoyait-il pas un fils de comte, un fils de baronnet ainsi que le maître d'un immense domaine. Et ne serait-il pas, quand Dieu le voudrait… bien entendu, le maître d'un domaine lui aussi! Il y avait de quoi se rengorger; il ne s'en priva pas. C'est ce que constatèrent le colonel et son cousin. Personne ne s'aperçut qu'au même moment, Edmund Bertram, appuyé à la table de billard, peinait à retrouver contenance. Il dut faire un sérieux effort pour s'avancer vers ce révérend obséquieux jusqu'au ridicule et lui sourire de la façon la plus civilisée qui soit. Surtout ne rien laisser paraître et ne rien dire à Fanny avant le départ du lendemain.

Lorsque les gentlemen firent leur entrée au salon, ils furent témoins d'un charmant spectacle : Fanny Price et Elizabeth Bennet récitaient un poème pour la plus grande joie d'Anne de Bourgh. De voir le pâle visage de leur cousine s'illuminer ravit autant le colonel que Darcy.

J'errais solitaire ainsi qu'un nuage
Qui voguerait sur collines et vallons
Lorsque je vis un essaim, tel un mirage,
De jonquilles d'or, elles étaient légion
Le long de la rive, sous les branches des cytises
Ondulant doucement dans la brise.
[...]

On applaudit avec plaisir les deux jeunes femmes.

– Que nous vaut cette agréable récitation? demanda Richard Fitzwilliam en se tournant vers Miss Price.

– En fait, Colonel, répondit celle-ci, nous parlions de Mr Cowper et de Mr Wordsworth lorsque Miss de Bourgh a mentionné qu'elle aimait beaucoup le poème *Les Jonquilles*. Miss Bennet et moi-même le connaissions alors nous le lui avons récité.

Tout en disant cela, Fanny Price s'était tournée vers Anne de Bourgh et lui avait fait une petite révérence amicale. Demain, elle quitterait et, même si toute son attention se portait vers Mansfield Park, elle aurait quelques regrets à quitter cette fragile jeune femme avec qui elle avait établi des liens de confiance. Ainsi était Fanny Price, capable de la plus grande empathie, du plus grand dévouement. Edmund Bertram qui avait suivi de loin la scène se dit que sa famille était peut-être tout de même chanceuse dans ses malheurs, car elle savait pouvoir compter sur Fanny. Et pendant une minute ou deux, il put oublier la nouvelle parue dans le journal et sourire. De son côté, Fitzwilliam Darcy, comme envoûté, n'avait pas quitté des yeux Elizabeth Bennet. Puis il avait senti le regard de Charlotte Collins posé sur lui et, pour éloigner les soupçons, il s'était dirigé nonchalamment vers l'âtre. À ce moment, la conversation reprit et il fut encore question de musique. On invita alors Miss Bennet à s'installer au pianoforte afin de donner à la soirée de Sa Grâce une note harmonieuse. C'est ainsi que le formula Mr Collins qui, comme on le sait, aimait bien préparer quelques compliments à l'avance afin de ne jamais être pris au dépourvu devant sa noble bienfaitrice.

Pendant qu'Elizabeth Bennet sélectionnait les pièces qu'elle allait jouer, Lady Catherine constatait qu'il y avait vraiment peu de personnes en Angleterre qui aimaient la musique autant qu'elle ou qui l'appréciaient avec plus de goût naturel. Elle assura qu'elle aurait eu sans doute beaucoup de talent si elle l'avait apprise. Cela parut si évident à tout le monde qu'elle crut bon d'ajouter qu'Anne aussi aurait joué délicieusement si sa santé lui avait permis d'étudier le piano. Maria et Susan acquiescèrent sans vraiment comprendre ce qu'il y avait d'absurde à ces paroles alors que Fanny et Charlotte en faisaient autant tout en le sachant parfaitement. Edmund Bertram s'installa dans un fauteuil un peu en retrait, Darcy resta debout près de l'âtre alors que Richard Fitzwilliam s'empressait de rejoindre Miss Bennet pour lui offrir de tourner les pages et, évidemment, pour profiter de sa charmante présence. Celle-ci avait à peine entamé une sonate de Clementi que la maîtresse des lieux reprenait son monologue et distribuait avis et conseils à tout un chacun. Darcy, ennuyé par le discours de sa tante, décida que son cousin ne serait pas le seul à bénéficier de la présence de Miss Bennet. Dès que cette dernière l'aperçut près du piano, elle s'adressa à lui.

– Vous voulez m'intimider, Mr Darcy, en venant m'écouter avec cet air sérieux mais, bien que vous ayez une sœur qui joue avec beaucoup de talent, je ne me laisserai pas troubler. Il y a chez moi une obstination dont on ne peut facilement avoir raison, chaque essai d'intimidation ne fait qu'affermir mon courage.

Darcy se prit au jeu et lui répliqua qu'il avait le plaisir de la connaître depuis assez longtemps pour savoir qu'elle s'amusait parfois à donner des opinions qui n'étaient pas les siennes. Qu'allait penser le colonel de Miss Bennet s'il se fiait aux dires de son cousin? Qu'est-ce que Miss Bennet allait révéler du comportement de Mr Darcy en visite en Hertfordshire? Sûrement qu'il aurait avantage à améliorer ses « performances » en société… Tout comme elle aurait à le faire au piano, avait-elle concédé. Et la discussion s'était poursuivie sur un ton plus léger. Toutefois, un auditeur attentif y aurait décelé plus que de la simple taquinerie mais le colonel, tout à son humeur joyeuse et désinvolte, fut le témoin bien involontaire de cet échange pour le moins équivoque qui se déroula autour du piano. C'est Lady Catherine qui y mit fin, agacée par l'attitude de ses deux neveux, surtout par celle du maître de Pemberley. N'avait-il pas toutes les qualités nécessaires pour plaire à sa tante et surtout à sa cousine? Encore fallait-il qu'il veuille bien s'en donner la peine. Et comme cela ne semblait pas être le cas, il fut décidé que Miss de Bourgh était fatiguée et qu'on remettrait à une autre fois quadrille et autres jeux. On eut tout de même l'obligeance de se rappeler le départ, le lendemain matin, de Mr Bertram ainsi que des demoiselles Price et de recommander un arrêt à Bromley. Les remerciements ne se firent guère attendre, tout comme la voiture de Sa Grâce qui ramena les visiteurs à Hunsford.

Après de cordiales salutations, l'attelage s'engagea sur la route menant à Londres où une escale d'une nuit permettrait aux voyageurs de se reposer et de prendre des nouvelles de la famille. Ensuite, ce serait le départ vers le Northamptonshire où il semblait que Fanny Price puisse reprendre sa vie là où elle l'avait laissée quelques mois auparavant. Tout de même inquiète, Charlotte Collins avait glissé un mot à Edmund Bertram. Ne pourrait-il pas voir, de temps en temps, à ce que la jeune femme discrète, voire secrète, ne soit pas trop bousculée par… l'adversité. Elle pouvait compter sur lui, la rassura-t-il en la remerciant chaleureusement pour son hospitalité.

La palme de l'insomnie ne revenait peut-être pas, tout compte fait, au révérend Collins mais bien à Fitzwilliam Darcy. Et ce qui aurait beaucoup troublé les deux jeunes hommes en question, c'est que la cause de leur insomnie était la même : Elizabeth Bennet. Ainsi tergiversait le maître de Pemberley, peu habitué à se heurter à l'indécision. Il était un homme de réflexion que la vie avait habitué à passer à l'action. Cependant, pour une des rares fois depuis qu'il avait succédé à son père, il nageait dans l'incertitude et cela le troublait au point d'en perdre le sommeil. Il ne s'attendait pas à succomber aussi rapidement, en fait, il avait capitulé. C'est ce qu'aurait constaté le colonel Fitzwilliam s'il avait été présent mais il devait, à l'heure qu'il était, être dans les bras de Morphée… et lui, il devait se l'avouer, c'était des bras autrement plus féminins qui le tentaient. Puis s'insinua, dans la nuit étoilée qu'il ne quittait pas des yeux, une pensée de plus en plus obsédante : il aimait, *envers* et *contre* tout, Elizabeth Bennet. Contre son rang social, contre sa famille, contre son manque de fortune. Ne devait-il pas envers sa famille, envers Georgiana et envers lui-même, héritier d'un vaste domaine et d'une grande fortune, faire la meilleure des alliances? Pourtant, contre son cœur, Fitzwilliam Darcy ne semblait pouvoir aller et il cherchait, en vain, une réponse claire dans cette voûte céleste qui l'avait toujours apaisé. Mais elle n'offrait, cette nuit-là, que sa beauté à contempler et son mystère à questionner.

*****

Hunsford, le 20 avril 1811

Chère Anne,

Quelle merveilleuse nouvelle! Vous êtes fiancée! Dois-je vous taquiner et vous rappeler que vous ne teniez pas à vous rendre à Bath? Et voilà que vous y avez revu Mr Wentworth et vous avez réalisé que vos sentiments mutuels étaient inchangés, peut-il y avoir mieux qu'un mariage d'amour?! J'en suis sincèrement heureuse pour vous. Votre fiancé est capitaine dans la Marine, vous avez donc de grandes chances de vous retrouver sur une frégate d'ici quelque temps. Je vous sens prête à entrer dans cette nouvelle vie, car il me semble que vous venez enfin de trouver votre vraie place. Est-ce que je me trompe?

De mon côté, je dois vous avouer que, non, je ne suis pas fiancée; je n'ai pas croisé l'amour en arrivant dans le Kent chez Charlotte Lucas,récemment mariée à mon cousin Mr Collins. Par contre, j'y ai croisé une connaissance : Mr Darcy! Hier, je me suis retrouvée au même dîner que lui à Rosings Park. Je discutais avec le colonel Fitzwilliam et lui exprimais mon sentiment que les officiers dont je faisais la connaissance me semblaient aussi agréables que généreux. Il a répliqué que, dans son cas, le second qualificatif était un peu exagéré, car il venait simplement s'occuper du domaine de sa tante et qu'en plus, c'était Mr Darcy, son cousin, dont les connaissances étaient plus sollicitées, qui avait la grosse part du travail. Sur ce, il m'a demandé à qui j'avais pensé en disant cela. Je lui ai raconté que j'avais rencontré le colonel Brandon qui avait eu la bonté d'offrir le bénéfice d'une cure à un jeune homme qu'on venait de déshériter injustement. En expliquant cela, je n'ai pu m'empêcher de regarder Mr Darcy qui était assis en face de moi et qui n'avait pas perdu un mot de notre conversation. Chère Anne, j'espérais que mon commentaire fasse mouche; ce fut le cas : Mr Darcy a soudain été très intéressé par le contenu de son assiette. Il ne pouvait avoir oublié que je savais l'histoire de ce pauvre Mr Wickham. Vous n'approuverez pas ma conduite, je vous sais aussi conciliante que ma sœur Jane... mais, comme ce n'est pas mon cas, je ne vous cache pas que j'ai eu ma petite revanche!

– Lizzy! Lizzy! Charlotte demande si vous n'aimeriez pas l'accompagner chez Mrs Brown. Celle-ci vient de donner un nouveau paroissien à Hunsford et ma soeur désire aller lui porter un panier de provisions, s'écria Maria en entrant comme un tourbillon dans le petit boudoir où Elizabeth avait trouvé refuge.

– C'est une bonne idée, Maria, je suis plongée dans ma correspondance depuis plus d'une heure. Et puis j'ai une

excellente nouvelle à partager avec Charlotte, alors j'y cours.
Avant que la jeune fille puisse l'interroger sur la teneur de cette bonne nouvelle, Elizabeth avait quitté la pièce, un sourire aux lèvres.

Les deux jeunes femmes descendaient la côte du village, se passant le panier lorsque celui-ci devenait trop lourd.

– Je suis ravie que Miss Elliot ait retrouvé « son » capitaine et que cela se termine par un mariage. Vraiment, Lizzy, qui la connaît ne pouvait souhaiter plus plaisant dénouement!

– Je suis de votre avis, Charlotte. J'ose à peine imaginer la profondeur des sentiments de ce Mr Wentworth qui s'est risqué à lui demander sa main une *deuxième* fois... Heureusement, cette seconde demande a été acceptée avec bonheur, conclut d'un ton songeur Elizabeth.

– Oui, et c'est bien la première fois que j'entends une telle histoire et je pense que ce sera la dernière! C'était également la première fois que j'entendais une histoire comme celle que la pauvre Fanny a vécue. Je puis maintenant vous confier que j'ai ressenti un grand soulagement lorsque Edmund Bertram est arrivé. Je sais qu'on peut avoir confiance en lui et je pense sincèrement qu'il pourra être une source de grand réconfort pour ma cousine.

– Je le pense également, j'ajouterais qu'elle sera elle-même un grand soutien pour lui. Passez-moi ce panier, Charlotte, vous le transportez depuis une dizaine de minutes, c'est à mon tour.

Elles marchaient depuis quelques instants en silence quand Elizabeth revint sur le dernier commentaire de son amie.

– Je me demande comment une personne aussi lucide et raisonnable que Miss Price a pu s'illusionner à ce point en ce qui concerne ce jeune homme… Il n'a pas hésité à fuir avec une autre femme alors qu'il venait depuis peu de lui renouveler son intérêt. Charlotte, il me semble qu'on peut esquisser le caractère de quelqu'un en analysant ses paroles et ses gestes, ne croyez-vous pas?

– Elle avait tout de même refusé sa demande dès le départ, toutefois il est vrai qu'elle a semblé très ébranlée lorsqu'il s'est présenté à Portsmouth. Toutefois, comme je n'ai pas la facilité que vous avez à déchiffrer les caractères, je ne peux donc répondre sérieusement à votre question.

Elles continuèrent leur chemin, la première se remémorant humblement ce qu'elle avait découvert à propos de son époux pendant ces quelques mois de mariage. Rien qui ne l'avait vraiment surprise, pas plus négativement… que positivement d'ailleurs. De cela, elle aurait pu témoigner mais elle s'en abstint; entrer dans de grandes explications à ce sujet n'était pas envisageable. Sage Charlotte. De son côté, la seconde jonglait avec ce qui venait d'être dit et finit par passer en revue plusieurs des jeunes hommes qu'elle avait été amenée à côtoyer ces derniers temps. Non, elle n'était pas de celles à qui une telle situation pouvait arriver. Son étude de la nature humaine en faisait foi; elle ne s'était guère trompée dans ses jugements jusqu'à maintenant. Perspicace Elizabeth.

*****

Même le bruissement du feuillage ne réussit pas à détourner l'attention d'Elizabeth de sa lecture. C'est lorsqu'elle vit se dessiner une ombre sur les pages de son livre qu'elle redressa la tête brusquement.

– Mr Darcy! Je ne vous avais pas entendu, toutes mes excuses, fit-elle en se levant prestement.

– Ne vous dérangez pas, Miss Bennet. Chaque année, je me promène dans les divers sentiers de Rosings et ceux, comme celui-ci, qui sont éloignés des jardins minutieusement entretenus me sont particulièrement chers; j'y ai souvent joué étant jeune.

Jamais le maître de Pemberley n'avait émis une pensée aussi personnelle depuis que la jeune femme le connaissait. S'imaginer Fitzwilliam Darcy, enfant, grimpant aux arbres pour échapper à son cousin Richard, fils cadet du comte de Matlock, la fit sourire et lorsqu'elle partagea sa vision, le rire franc de son interlocuteur la surprit… et même l'attendrit. Ce gentleman taciturne et distant pouvait aussi être ce jeune homme charmant; Elizabeth, pendant un instant, ne sut qu'en penser.

– Si ce n'est pas trop impertinent, puis-je vous demander quel est le titre du livre dans lequel vous étiez si absorbée lors de mon intrusion?

– C'est un peu impertinent mais, puisque vous le demandez si gentiment, je vais vous le montrer, concéda-t-elle en lui tendant le volume.

– *La Richesse des nations*… Je ne me doutais pas qu'un tel sujet pouvait vous intéresser, Miss Elizabeth.

– Non, en effet. La jeune femme accomplie que je tente de devenir voulait lire *Sermons aux jeunes femmes*, mais Mr Collins tient ces deux volumes dans son bureau et, semble-t-il, en relit des extraits assez souvent. Je ne voulais pas priver mon cousin des lumières du révérend Fordyce alors j'ai opté pour les lumières de Mr Smith.

– Que je ne saurais trop vous recommander! Je vois que vous êtes en train de le terminer, dit-il en lui rendant le livre. Qu'en pensez-vous?

– Je crois qu'il me faudra le relire afin de bien en saisir la portée. Cette lecture exige beaucoup d'attention et je

suis à même de confirmer qu'une fois plongé dans ces théories, un lecteur peut oublier *tout* ce qui l'entoure, souligna Elizabeth en fixant Darcy, un petit sourire moqueur au coin des lèvres.
Cela prit quelques secondes, puis ce dernier rougit; il venait de saisir l'allusion de la jeune femme. Celle-ci devina le cheminement de sa pensée et ce fut à son tour d'éclater de rire. Darcy, bon joueur, s'inclina.

Comment avait-il pu oublier qu'il y avait quelques mois, il s'était juré de ne plus porter attention à cette Miss Elizabeth venue soigner son aînée à Netherfield Park. Pour l'éviter, il avait passé plusieurs heures dans la bibliothèque mais, comble de malchance, Elizabeth était descendue lire, sa sœur s'étant assoupie. Elle s'était donc retrouvée assise non loin d'un Fitzwilliam Darcy fort troublé par sa présence, néanmoins soucieux de montrer clairement son indifférence. Il l'avait donc saluée, pour immédiatement se replonger dans son livre. Et qu'essayait-il de lire très attentivement à ce moment-là? *La Richesse des nations*! Si captivant qu'il n'avait jamais levé la tête durant cette demi-heure. Cela ne voulait pas dire qu'il ne savait pas qu'elle tapait légèrement du pied en rythmant sa lecture des poèmes de Cowper, qu'elle roulait distraitement une mèche de cheveux sur son index gauche, qu'elle récitait silencieusement les mots et que ses lèvres étaient… fort attrayantes! Il avait tenu bon, il s'en était félicité et voilà qu'en un seul trait, elle avait tout balayé!

Pour faire diversion, il lui offrit de la reconduire jusqu'au presbytère, ce qu'elle accepta après quelques hésitations. Ils discutèrent, chemin faisant, de la bienveillance de Lady Catherine envers Mr Collins, de la chance de ce dernier d'avoir trouvé, en Charlotte Lucas, une épouse plus que convenable. Bien entendu, il était inutile de souligner qu'il y avait à cet agréable arrangement un prix à payer. Ni l'un ni l'autre n'y firent directement allusion, cependant tous deux mesuraient clairement l'habileté remarquable dont devait faire preuve quotidiennement Mrs Collins.

Chapitre IV

Où il sera, encore une fois, question du délicat sujet de la demande en mariage et de la réponse qui doit inévitablement s'ensuivre…

Rosings Park, le 30 avril 1811

Chère Rose,

J'espère que vous vous portez bien et que votre séjour à Bath se déroule agréablement. J'imagine facilement toutes les occasions que vous avez de vous amuser et je suis certaine qu'entre trois bals et deux concerts, vous rencontrez assez de charmantes personnes pour ne jamais éprouver une once d'ennui. Et, recevant cette lettre, vous vous dites que la pauvre Anne doit bien se morfondre dans le fond du Kent… Eh bien, détrompez-vous! Ce printemps est bien différent des précédents, je puis vous l'assurer…

– Mrs Jenkinson, auriez-vous l'obligeance de tailler ma plume pendant que je me verserai une tasse de cette infusion.

– Bien sûr, Miss de Bourgh. Il me semble que la pièce est un peu fraîche pourtant on vient tout juste d'attiser le feu.

– Pourriez-vous ensuite descendre chercher mon châle, je l'ai déposé dans le petit salon à l'heure du thé. Vous pourriez également vous assurer que Perkins sera disponible pour poster ma lettre dès qu'il l'aura en main propre.

– Ce sera fait dans les minutes qui viennent, Miss de Bourgh.

... Miss Price, sa sœur et Mr Bertram ont quitté pour Mansfield Park. Il reste tout de même des visiteuses à Hunsford et l'une d'elles, Miss Bennet, m'intrigue particulièrement. Puis-je vous confier que je ne crois pas être la seule sur qui elle aurait fait une certaine impression... Je vous raconte ce qui me fait dire cela. C'est Richard, mon cousin, qui a remplacé Fanny Price dans mes promenades en phaéton. Comme il est drôle et charmeur, il m'amuse beaucoup lors de ces sorties. Hier, vers la fin de la matinée, Richard conduisait la voiture et était bien occupé à éviter quelque grande flaque que la pluie avait laissée; il n'a donc pu voir ce dont j'ai été témoin : Fitzwilliam Darcy se présentant au presbytère! Qu'y a-t-il de si surprenant? Figurez-vous que j'avais entr'aperçu le révérend Collins dans le salon avec ma mère et que je savais que son épouse se rendait souvent au village le lundi matin. Et effectivement, à notre retour, nous l'avons croisée, accompagnée de sa sœur; elles revenaient du marché. J'ai donc réalisé que mon cher cousin, lui si distant, si peu loquace, devait être seul avec Miss Elizabeth Bennet! Cette demoiselle est vraiment étonnante; elle tient tête à ma mère et n'hésite pas à donner clairement son opinion, c'est vous dire sa force de caractère! De plus, elle est attrayante et sa conversation n'est jamais ennuyeuse. Alors, à mon avis, cette visite n'est pas un simple effet du hasard. J'avais remarqué que Fitzwilliam la regardait fréquemment lorsqu'elle venait prendre le thé avec les Collins. Cela confirmerait mes soupçons, qu'en pensez-vous, Rose? Mais de tout cela, il ne faut souffler mot. Si ma mère l'apprend, la vie à Rosings sera infernale... pourtant, à bien y penser, j'avoue que cela me soulagerait d'un grand poids : quand comprendra-t-elle

que je ne tiens pas du tout à épouser Fitzwilliam? Et lui n'y tient pas, c'est évident... surtout ces jours-ci!

Je vous quitte en espérant de vos nouvelles bientôt. Quant à moi, je vais continuer à suivre discrètement les allées et venues de ceux qui m'entourent et à en tirer mes propres conclusions dont je pourrai vous faire part lors de ma prochaine lettre. J'ai suivi votre conseil et tente le plus possible d'aérer les pièces – à l'insu de Mère évidemment – et d'aller dehors; je crois que cela m'aide car je respire un peu mieux ces temps-ci, donc ne vous en faites pas pour moi, chère Rose.

Transmettez à Lady Dalrymple mes salutations distinguées.

Votre amie dévouée,
Anne de Bourgh

P.S. Promettez-moi de rester discrète à propos de ce que je viens de vous raconter; ma quiétude en dépend. Merci.

*****

Cette fois, Elizabeth le vit venir et l'accueillit poliment, tout en se demandant si ces rencontres étaient vraiment le fruit du hasard. Il s'était montré si peu agréable lors de son séjour en Hertfordshire, si peu enclin à fréquenter les gens de la région, alors pourquoi semblait-il rechercher sa présence? Elle se faisait sûrement des idées... mais cela l'agaçait quelque peu, surtout quand elle se remémorait les commentaires de Charlotte à propos des regards fréquents, trop fréquents, que lui lançait Mr Darcy. Et que dire de ses longs silences dès lors qu'ils se retrouvaient à Hunsford ou dans le grand salon de Rosings?

– Miss Bennet, je suis heureux de vous rencontrer dans ce coin du domaine.

– Mr Darcy, répondit Elizabeth en le saluant, est-ce un de vos souvenirs de jeunesse qui vous fait y diriger vos pas?

– Non, pas vraiment. Ce grand saule sous lequel je vous dérange une seconde fois dans votre lecture m'est assez cher. Vous l'avez choisi pour vous retirer dans un coin tranquille tout simplement tandis que, moi, je lui rends fidèlement visite à chacun de mes passages à Rosings.

– C'est un arbre magnifique, ses branches touchent le sol et créent un grand parasol, c'est ce qui m'a attirée ici. Mais j'y suis installée depuis assez longtemps, je peux vous céder la place.

– N'en faites rien, Miss Elizabeth, vous formez un charmant tableau : vous, ces feuillages et ce petit ruisseau qui serpente. À mon avis, il n'y manque que des ruines qu'on verrait au loin sur cette colline là-bas.

Elizabeth partit d'un grand éclat de rire, décidément Mr Darcy, s'il ne se montrait pas toujours agréable, avait de l'esprit et de l'humour. N'est-ce pas ce qu'Anne Elliot avait confié à Elizabeth lorsque cette dernière lui avait raconté l'incident *Darcy* survenu au bal de Meryton?!

– Dois-je en conclure que vous vous cachiez pour lire en toute tranquillité?

– Peut-être.

– Et cette fois-ci, puis-je m'enquérir du titre du livre que vous avez discrètement glissé sous votre chapeau?

Elizabeth eut un petit rire gêné et regarda au loin, vers les champs où des moutons broutaient paisiblement.

– Vous n'êtes pas obligée de me le montrer, reprit Darcy, conscient du malaise de la jeune femme. Quelque chose me dit qu'il ne vient pas, comme le livre d'Adam Smith, de la bibliothèque de votre père. Je sais, c'est un

roman! Probablement l'un de ceux écrits par Mrs Burney, en plus!
Elizabeth éclata de rire une deuxième fois.

– Mr Darcy, vous avez lu *Evelina* ou *Cecilia* peut-être? Quelle surprise! Je ne m'y attendais pas du tout.

– Vous vous méprenez, Miss Elizabeth, si je semble en avoir la connaissance, c'est que j'ai une jeune sœur un peu sentimentale… et j'ai dû récemment acheter, à sa demande pressante, *Camilla*. Vous voyez, vous vous trompez.

– Vous aussi, vous vous trompez.

– Non, je ne le crois pas. Après tout, vous avez parfaitement le droit d'être sentimentale, tout comme Georgiana. Il faut simplement être capable d'assumer ses choix.

– Vous essayez de m'intimider, Mr Darcy, vous savez pourtant que cela ne fait qu'affermir mon courage! Vous l'aurez voulu, voici mon livre… et maintenant riez de moi si vous l'osez!

– Je ne me le permettrais pas… *Réflexions sur le mariage*… Si je m'attendais à cela!

– Vous trouvez le sujet controversé? Vous êtes en désaccord avec ces idées? Pourtant je tente de cultiver mon intelligence par de nombreuses lectures; en cela, vous ne pouvez que m'encourager, Mr Darcy! fit Elizabeth en haussant un sourcil provocateur.

Convaincue de l'avoir scandalisé, elle le fixait pendant qu'il ouvrait le livre à la page où elle avait placé son signet. Si, jusque-là, il avait semblé la dédaigner, puis la surveiller – l'admirer, aurait dit Charlotte – alors, à partir de maintenant, il allait l'éviter.

– « … *S'ils veulent dire que* certains *hommes sont supérieurs à* certaines *femmes, ce n'est pas là une grande découverte; s'ils avaient inversé les points de vue, ils se seraient avisés que* certaines *femmes sont*

supérieures à certains *hommes... »* Ceci mérite réflexion, commenta sans aucune ironie Darcy.
Il referma le livre, le tendit à sa propriétaire, ébahie par la réaction de son interlocuteur. Qu'il était donc difficile à cerner ce gentleman du Derbyshire!

– Je parie que vous l'avez pris dans la bibliothèque de Mr Collins! fit-il, une lueur amusée au fond des yeux.

– Il va sans dire, répondit-elle en entrant dans son jeu, juste à côté de l'exemplaire de *Défense des droits de la femme* de Mrs Wollstonecraft.
Puis elle ajouta plus sérieusement : « Je préfèrerais que le sujet de mes lectures reste entre nous, si ce n'est pas trop vous demander. »

– Je ne dévoilerai pas votre secret, n'ayez crainte, pas plus que je ne découragerai votre initiative. Il faudra qu'un jour nous en discutions, Miss Elizabeth!
Sur ce, il s'inclina et disparut au détour d'un sentier, la laissant sous le grand saule et sous l'impression d'avoir rêvé ce qui venait de se passer.

Cette jeune femme était décidément bien différente de celles qui évoluaient dans son milieu; elle était rafraîchissante… oui, c'était le bon mot! Après la parade des jeunes femmes à marier, toutes semblables et toutes si accomplies, Elizabeth Bennet surprenait et, par son esprit, allumait tout ce qu'elle touchait. Aucun sujet n'était anodin, elle suscitait son intérêt par la façon dont elle envisageait les situations les plus simples. La vie avec Elizabeth Bennet ne devait pas être banale et Darcy se disait, en s'appuyant au tronc d'un chêne un peu en retrait du sentier, que cette vie-là l'attirait, que cette jeune femme l'attirait… plus que cela, qu'il l'admirait et l'aimait, qu'il l'imaginait dans les allées de Pemberley et que cela lui plaisait éperdument. Tiré de ses pensées par des pas rapides, il leva la tête et l'aperçut qui courait; il l'aurait volontiers rejointe dans sa course, mais il devina qu'elle se croyait seule et que son intervention la gênerait. Il la regarda s'éloigner, vive et preste; il n'eut aucune difficulté à se remémorer ses yeux rendus plus brillants par l'exercice.

*****

Rosings Park, le 3 mai 1811

Chère Georgiana,

J'espère que tu te portes bien et que ce printemps magnifique te permet de sortir fréquemment. N'hésite pas à demander à Jackson de faire préparer et atteler ton petit phaéton, Mrs Annesley se fera sûrement un plaisir de t'accompagner. Notre cousine en profite elle aussi et sort presque quotidiennement avec Richard, elle est moins pâle et a un peu plus d'appétit. Mais tu connais les convictions de Lady Catherine à propos de la santé de sa fille, cette dernière sort donc le plus souvent lorsque notre tante fait sa sieste, évitant commentaires et conseils à n'en plus finir. J'ai presque terminé le travail de vérification des états de Rosings, il me reste quelques sorties à faire avec Mr Gurney, le régisseur du domaine.

Je dois t'avouer que notre séjour cette année est le plus agréable de tous ceux que j'ai effectués depuis que je supervise la gestion du domaine. Je crois que Richard te le confirmerait avec enthousiasme. Il n'y a jamais eu autant de visiteurs chez notre tante et, parmi ceux-ci, des gens dont j'ai fait la connaissance en Hertfordshire. Le révérend Collins, le nouveau pasteur de la cure d'Hunsford, a épousé Miss Charlotte Lucas dont le père a un domaine près de Netherfield Park. Sa jeune sœur, Miss Maria, ainsi que sa meilleure amie, Miss Elizabeth Bennet, sont venues lui rendre visite. Ce n'est d'ailleurs pas la première fois que je te mentionne le nom de cette dernière dans mes lettres. Je pense que tu l'apprécierais beaucoup; c'est une jeune femme curieuse de tout, qui a de l'humour, qui aime lire et jouer du piano. Selon moi, vous vous entendriez fort bien elle et toi. Tu peux donc conclure qu'il y a des conversations intéressantes, de la musique et d'agréables promenades. En fait...

– Darcy, te voilà donc! J'aurais dû y penser plus tôt; la bibliothèque te sert de bureau. Es-tu en train de terminer la vérification des comptes de Rosings?
– Non, j'écris à Georgiana. Je me remettrai dans les finances du domaine dès que j'aurai achevé cette lettre. Du reste, j'ai presque fini le travail.
– Je voulais aller me promener et me demandais si tu aimerais m'accompagner, mais je constate que ton après-midi sera rempli.
– En effet. Bonne marche, Richard, et surtout ne te perds pas comme lorsque nous étions petits!
– Ne me rappelle pas ce pénible incident, j'avais neuf ans… et la tête dure. Non, ne crains rien, Fitz, je serai de retour pour le thé, les gens d'Hunsford y seront. N'est-ce pas là une bonne raison? À tantôt!

Depuis son retour de promenade, Elizabeth Bennet ressassait sa conversation avec le colonel Fitzwilliam. Elle l'avait croisé dans le sentier bordé de grands tilleuls où elle aimait bien se retrouver, loin du bavardage innocent de Maria et de celui presque toujours sentencieux de William Collins à son égard. Elle y savourait autant l'air saturé par l'odeur des champs que la vue pittoresque créée par ces vallons verdoyants entrecoupés de routes de terre sinueuses bordées de murets. Le révérend Gilpin en aurait été ravi, elle en était certaine, surtout si quelques ruines, aurait suggéré Mr Darcy, avaient orné le petit coteau à sa gauche...

Alors que ses pensées voletaient agréablement, la silhouette du colonel Fitzwilliam s'était découpée dans la lumière du jour, l'obligeant à sortir de sa quiétude… Depuis ce moment-là, sa colère ne la quittait plus. La conversation, tout d'abord plaisante, avait pris, par la suite, une tout autre tournure. Elle ne se rappelait plus exactement ce qui les avait amenés à parler des Bingley, mais toujours est-il que son compagnon lui avait fait une confidence qui l'avait vivement heurtée. Comment Mr Darcy avait-il osé interpréter les sentiments de Jane envers Charles Bingley? De quel droit s'arrogeait-il le rôle de juge dans cette situation qui ne le concernait pas? Se félicitait-il vraiment d'avoir réussi à éviter un mariage « imprudent » à son meilleur ami? Elizabeth n'en revenait tout simplement pas. Le colonel, surpris par le ton de son interlocutrice, avait voulu justifier l'intervention de son cousin : il y avait des objections sérieuses, surtout contre la famille de la jeune femme. Bingley semblait sincèrement épris et il avait vraiment eu besoin de l'aide d'un ami expérimenté pour le sortir de là… même si c'était à son insu! Toutefois, comme le geste pouvait sérieusement froisser la famille en question, il valait mieux rester discret, avait-il conclu en souriant. Et comment! aurait pu s'exclamer Elizabeth. Elle avait eu toutes les difficultés du monde à paraître impassible, si bien que ses efforts avaient mené à une migraine. Gentleman accompli, Richard Fitzwilliam avait tendu un bras secourable afin qu'elle puisse s'y appuyer et s'était aussitôt offert à la raccompagner au presbytère.

Assise dans sa chambre, qu'elle avait pu regagner sans croiser aucun des résidants, Elizabeth se massait les tempes tout en essayant de calmer son indignation. Elle avait eu, bien sûr, quelques doutes à propos de l'implication de Mr Darcy dans l'affaire cependant elle avait été certaine, du moins jusque-là, que toute la machination avait été avant tout l'œuvre de Miss Bingley. Cette dernière ne voulait-elle pas séparer Jane de son frère Charles, espérant que l'alliance se fasse avec Miss Darcy? Cela, Caroline Bingley l'avait clairement exprimé dans sa lettre, mais maintenant un éclairage nouveau se présentait et Elizabeth avait de la difficulté à cerner les motifs du maître de Pemberley dans cette histoire. Que pouvait-on reprocher à Jane? Elle ne connaissait personne aussi digne de cette inclination. Comment pouvait-on avoir fait souffrir sciemment une jeune femme aussi douce et tendre que sa sœur aînée? Et les reproches envers sa famille? Mr Darcy devait trouver que la parenté du côté maternel n'était pas digne de mention, encore moins de fréquentation : un avoué et un commerçant… quelle déchéance! Son père : un gentleman éduqué et respectable. Sa mère… sa mère… à ce moment, Elizabeth hésita un peu et encore plus lorsque sa pensée se dirigea vers ses jeunes sœurs. Mais agacée, elle rejeta du revers de la main tout commentaire qui aurait mis sa famille au pilori. C'était l'orgueil et le mépris de Mr Darcy qui avaient eu raison du bonheur de Jane, il n'en fallait pas douter. Si bien que la migraine s'intensifia au point qu'elle dut, une demi-heure plus tard, demander à Charlotte de l'excuser auprès des gens de Rosings. Mr Collins en fut offusqué; quel affront pour sa noble bienfaitrice! Il perdit un certain temps à chapitrer sa cousine, à tenter de lui démontrer l'ingratitude dont elle faisait preuve alors qu'on l'avait reçue plusieurs fois avec une réelle condescendance et… Charlotte l'interrompit, lui rappelant qu'on allait être en retard et que de la ponctualité, Lady Catherine avait fait son point d'honneur. Aussi, s'il tenait à sa place et à ses privilèges auprès de Sa Grâce, il fallait séance tenante quitter le presbytère.

– Merci, Charlotte, murmura Elizabeth en fermant les yeux.
La douleur lancinante l'obligea à regagner le petit salon et à s'installer dans un fauteuil capitonné qui lui tendait les bras. Elle s'y lova et, dans la pénombre et le silence, elle put se laisser aller : larmes de rage, de frustration, de peine. Elle finit par somnoler, la pression ayant diminué à ses tempes. C'est le tintement de la cloche de l'entrée qui la réveilla. Elle n'eut que le temps de se lever et de déposer les lettres de Jane qu'elle tenait encore à la main quand son visiteur fut annoncé : c'était Mr Darcy.

*****

Le thé avait été servi, accompagné de *scones,* et une corbeille de fruits avait été déposée sur le buffet pour le bon plaisir de tous. Anne n'avait pris qu'une tasse de thé; le colonel, tout ce qu'on lui offrait et Darcy, rien du tout. Les Collins et Maria, installés près de Lady Catherine, buvaient autant les paroles de cette dernière que leur thé. Il faut dire que la discussion était d'envergure, il y était question du livre d'une certaine Mrs Hannah Glasse : *L'Art de la cuisine rendue simple et facile*. Sa Grâce avait commencé à expliquer à Mrs Collins les bienfaits que la lecture de cet ouvrage pouvait apporter à toute femme désirant tenir maison de façon exemplaire, ce qu'avait approuvé énergiquement le révérend. C'est au moment où elle avait voulu convaincre ses invités en leur en lisant un extrait que le maître de Pemberley, au bord de l'exaspération, avait décidé de s'éclipser. Occupé à attiser le feu près duquel sa cousine était assise, le colonel ne s'était pas aperçu immédiatement de ce départ. On aurait pu être tenté de croire que, par la suite, il avait fait le lien entre la disparition soudaine de Darcy et l'absence de Miss Bennet; ce ne fut pas le cas. Il présuma simplement que les révélations sur la façon de barder un poulet ou de bien réussir une fricassée avaient découragé son cousin et que ce dernier s'était réfugié dans la bibliothèque et prétexterait de la correspondance en retard en guise d'excuse à sa fuite.

Fitzwilliam Darcy s'était maintes fois répété ce qu'il dirait mais, contrairement à ce qui se passait d'habitude, rien ne se déroula comme il l'avait prévu. Rien. À commencer par son aveu :

– En vain ai-je lutté, rien n'y fait. Je ne puis réprimer mes sentiments. Laissez-moi vous dire l'ardeur avec laquelle je vous admire et je vous aime.

Lutter, réprimer… ce n'était pas vraiment un bon début, il en fut conscient au moment où il prononça ces mots. La suite n'améliora en rien les choses : souligner le rang inférieur de la famille, le comportement inacceptable de plusieurs de ses membres et la mésalliance pour laquelle il semblait finalement accepter de s'abaisser ne fut pas l'argumentaire le plus éloquent pour plaider sa cause. Pourtant, à Elizabeth Bennet, il dut paraître très éloquent car elle n'eut aucune hésitation.

– Je n'ai jamais recherché votre affection et c'est certes à contrecoeur que vous me la donnez… Les sentiments qui, me dites-vous, ont retardé jusqu'ici l'aveu de votre inclination, n'auront pas de peine à en triompher après cette explication. Je pourrais aussi bien vous demander pourquoi, avec l'intention évidente de me blesser, vous venez me dire que vous m'aimez contre votre volonté, votre raison, et même le souci de votre réputation.

Ce fut un Fitzwilliam Darcy atterré… qui apprit de la bouche même de Miss Bennet qu'elle ne pouvait imaginer un instant épouser l'homme responsable d'avoir ruiné, peut-être pour toujours, le bonheur d'une sœur chérie; d'avoir été l'artisan de cette séparation et d'avoir infligé censure et dérision à deux êtres qui ne méritaient absolument pas cette cruelle peine. Il eut beau tenter d'expliquer pourquoi il croyait avoir agi de façon rationnelle en sauvant un ami qui lui était cher, Elizabeth l'écouta à peine tant son animosité était vive. Elle attaqua de nouveau : Et ce pauvre Mr Wickham? Croyait-il qu'elle ignorait l'infortune du jeune officier? Voilà déjà plusieurs mois qu'elle avait conclu que c'était lui qui avait, en désavouant la dernière volonté de son père, spolié ce digne jeune homme de son indépendance. Qu'avait-il à dire pour sa défense? Et non, cela non plus, elle ne voulait pas l'entendre! C'est à ce moment que Darcy perdit sa superbe, ou du moins ce qu'il en restait, et éclata. Comme elle prenait un grand intérêt aux affaires de George Wickham! Croyait-elle vraiment tout ce qu'avait dit ce manipulateur? Était-ce l'idée qu'elle se faisait de lui, Fitzwilliam Darcy? Et sa demande en mariage refusée sans aucun égard… Ne comprenait-elle pas qu'il avait dû faire taire ses scrupules et combattre toutes ses appréhensions pour en arriver à cette décision? Après tout, qui pourrait se réjouir de nouer des liens de parenté avec des gens dont la classe sociale était si clairement inférieure? Qui? Et qui, avait-elle répliqué sèchement, pourrait accepter une demande formulée d'une manière si peu digne d'un gentleman? La flèche atteignit sa cible, Darcy écarquilla les yeux de stupeur. Elle ne lui laissa pas le temps de riposter et lui assena le coup final.

– Depuis le commencement, je pourrais dire dès le premier instant où je vous ai vu, j'ai été frappée par votre orgueil et votre mépris égoïste des sentiments d'autrui. Il n'y avait pas un mois que je vous connaissais et déjà je sentais que vous étiez le dernier homme au monde que je consentirais à épouser.

Comment Darcy réussit-il à conserver son sang-froid? Même lui l'ignora. Comme dans un état second, il lui adressa ses vœux de santé et de bonheur et quitta les lieux sans se retourner. Son bonheur! Non, mais avait-il vraiment dit cela? Oui et rien de toute cette scène ne pourrait s'effacer. Mortifié, humilié, lui, Fitzwilliam Darcy de Pemberley en Derbyshire… rejeté par une demoiselle de la campagne sans fortune et sans relations! Rejeté alors qu'il était l'un des célibataires les plus convoités de la Capitale, que quantité de jeunes femmes l'avaient dans leur mire et auraient tout donné pour recevoir cette demande! Rejeté… son ressentiment le suffoquait. Elle n'avait pas voulu l'entendre et avait laissé déferler tous ses préjugés, à commencer par ceux concernant ce maudit Wickham. Non, il n'allait pas accepter cette injustice, il avait le droit de se défendre! Et il le ferait. S'il avait pu voir, à cet instant précis, Elizabeth Bennet, tremblante d'émotion, se laisser tomber dans un fauteuil et pleurer pendant un long moment, il n'aurait vraiment pas su que penser. Sans prêter attention à ce qui l'entourait, il franchit le seuil, grimpa quatre à quatre les marches et s'enferma dans ses appartements avant même que quiconque s'aperçoive de son retour.

Il y passa une partie de la nuit. Enfin, vers quatre heures trente, il éteignit la bougie et s'étendit sur son lit afin d'y trouver quelque repos. Les yeux grand ouverts, il fixait le ciel où l'aube apparaissait lentement en se disant que, si lui se débattait contre ses regrets et son humiliation, elle devait dormir tranquillement; après tout, c'était sa décision. Certains propos de la lettre qu'il venait tout juste de terminer lui revenaient sans cesse à l'esprit, l'obligeant à se justifier encore et encore.
… Du blâme sévère que vous m'avez si généreusement infligé hier soir, j'espère cependant me faire absoudre lorsque la suite vous aura mise au courant de ce que j'ai fait et des motifs qui m'ont fait agir…

Était-il trop incisif? Allait-elle cesser de lire et jeter sa lettre? Non, il savait qu'elle serait un peu plus calme et donc à même d'être plus juste envers lui, même s'il était maintenant clair qu'elle n'avait pour lui aucune inclination. Pire qu'elle le détestait! Darcy sentit une douleur surgir du plus profond de son être et ferma les yeux.

... J'avais observé Bingley de plus près et je m'étais aperçu que son inclination pour Miss Bennet dépassait ce que j'avais remarqué jusque-là. J'avais aussi observé votre sœur : ses manières étaient ouvertes et engageantes comme toujours, mais sans rien qui dénotait une préférence spéciale et, après un examen attentif, j'ai pu conclure que, si elle accueillait les attentions de mon ami avec plaisir, elle ne les provoquait pas en lui laissant voir qu'elle partageait ses sentiments...

Il se voulait impartial; il lui expliquait clairement ce qui l'avait amené à cette décision. Une décision impartiale…

... J'étais, je ne le nie pas, désireux de constater son indifférence...

Darcy eut un mouvement d'impatience, comme pour chasser une pensée désagréable. Et désagréable elle l'était, elle s'insinuait régulièrement dans ses réflexions depuis plusieurs semaines, immuable, simplement présente… obsédante. N'avait-il pas également agi ainsi pour sa propre cause, à l'insu de son ami? La meilleure façon d'éloigner une certaine demoiselle de sa vie, c'était d'éloigner Charles Bingley de Jane Bennet… et le tour serait joué. Non, non, même Caroline Bingley et sa sœur en étaient arrivées à la même conclusion durant le bal à Netherfield. Trois personnes ne pouvaient se tromper à ce point, n'est-ce pas? Il restait à en convaincre Elizabeth Bennet.

... Le rang social de votre famille, dans laquelle il désirait entrer, ne pouvait avoir pour mon ami la même importance que pour moi cependant il y avait d'autres motifs de rejet, motifs qui se rencontraient à un égal degré dans les deux cas... Votre parenté du côté maternel, bien qu'elle ait été pour moi un obstacle, n'était rien en comparaison du faible sentiment des convenances de votre mère, de vos plus jeunes sœurs et parfois aussi de votre père... Ce qui s'était passé le soir du bal était venu confirmer mon jugement et avait augmenté mon désir de préserver mon ami...

Toute vérité n'est pas bonne à dire... Oui, mais Darcy se devait d'être très clair, il n'aurait pas une deuxième chance de s'expliquer, de se défendre. Alors oui, il n'avait pas le choix et les mots bien que blessants illustraient vraiment les situations dont il avait été témoin. D'ailleurs, il s'excusait de lui causer cette peine et s'empressait de la rassurer quant à l'attitude de son aînée et d'elle-même. Allait-elle comprendre son point de vue? Peut-être. L'accepter? Sûrement pas. Il avait toutefois l'honnêteté de mentionner son rôle ainsi que celui de Miss Bingley dans le déroulement de cette affaire. Il faisait même amende honorable en lui dévoilant avoir caché à son ami la venue de Miss Bennet à Londres et en avouant qu'il était, ici, loin d'être sans reproches.

...Si vous ne vous êtes pas trompée vous-même sur ce point, c'est moi qui dois être dans l'erreur. Dans ce cas, je me suis trouvé à infliger à votre sœur une souffrance qui légitime votre ressentiment... »

Ces aveux atténueraient, il l'espérait, la colère de la jeune femme et montreraient sa volonté de ne point l'accabler, elle et elle seule. Malgré la dureté de son propos, il se montrait enclin à considérer les deux côtés. Ce dernier point le rassura sans pourtant chasser la douleur qu'il ressentait depuis la veille. Il allait devoir s'habituer à vivre avec elle; non pas avec Elizabeth, mais avec sa douleur.

C'est vers dix heures le lendemain matin que Darcy la rencontra. Il était près du grand saule lorsqu'il la vit venir. Il ferma les yeux quelques secondes, attendant que la douleur s'atténue, puis il s'avança vers elle. Elle eut un petit mouvement de recul en l'apercevant, il le perçut également et cela l'affligea; voilà tout ce qu'il avait réussi à obtenir d'elle : une réaction de rejet. Tout se passa rapidement; la lettre changea de main, il salua et disparut avant même qu'elle ait le temps de réagir. Il quitterait le Kent sous peu, il rejoindrait Londres et sa vie d'avant Elizabeth… qui ne serait jamais plus comme avant.

Chapitre V

Où il faut bien reconnaître que
la correspondance a un rôle
important à jouer quand il s'agit
de faire réfléchir autrui; les mots
écrits pouvant être lus maintes fois

Elizabeth n'eut qu'à toucher la lettre glissée dans son réticule pour que lui reviennent en mémoire différents extraits des explications de Fitzwilliam Darcy. Et pendant que la voiture roulait vers Londres, elle ferma les yeux afin que Maria ne puisse y lire son trouble. Elle avait tenu à quitter Hunsford malgré l'offre de Lady Catherine de prolonger leur séjour. Elle ne le pouvait ni ne le désirait, elle était attendue à Londres et encore plus à Longbourn où son père semblait sérieusement en manque de conversation intelligente. Cependant, avant de retourner à la vie qui l'attendait, elle devait se remettre de tout ce que la lettre lui avait appris sur Fitzwilliam Darcy, mais surtout sur elle-même. Car une fois sa colère passée, elle avait dû revenir sur les mots, les faits… et cela s'était avéré plus douloureux que prévu.

... Mon père l'avait en haute estime... Pour moi, il y avait fort longtemps que j'avais commencé à le juger d'une façon différente. Les dispositions vicieuses et le manque de principes qu'il prenait soin de dissimuler à son bienfaiteur ne pouvaient échapper à un jeune homme du même âge ayant l'occasion de le voir dans des moments où il s'abandonnait à sa nature…

George Wickham lui avait confié qu'il aurait aimé obtenir la cure que Mr Darcy père désirait lui accorder, or cela était totalement faux! En fait, il y avait renoncé alléguant qu'il voulait faire des études de droit et qu'il s'attendait à ce qu'on l'aide dans cette entreprise. Fitzwilliam Darcy avait été d'une grande générosité en lui offrant trois mille livres, en plus du millier de livres léguées en héritage. Tout avait été dépensé, et de quelle ignoble manière! Puis, lorsqu'il avait appris que cette même cure était à nouveau disponible, il en avait réclamé le bénéfice. Quelle probité il aurait apportée à la fonction! On oserait à peine l'imaginer. Le refus de Mr Darcy était tout en son honneur, elle en était sincèrement convaincue… maintenant, mais il était un peu tard, se reprocha-t-elle amèrement.

...Son ressentiment fut égal à la détresse de sa situation...

Sa situation devait donc être terrible, songea Elizabeth en se remémorant le plan qu'il avait ourdi avec la complicité de la dame de compagnie de cette pauvre Miss Darcy. S'attacher cette jeune fille dont il avait fréquenté la famille durant sa jeunesse n'avait pas dû être trop difficile. La convaincre de s'enfuir avec lui avait dû demander plus de persuasion, mais il était un bon acteur, un bon manipulateur. Elizabeth en savait quelque chose et elle n'avait pas la naïveté d'un âge aussi tendre comme excuse. Georgiana Darcy n'avait que quinze ans quand George Wickham l'avait abordée à Ramsgate où Mr Darcy, heureusement arrivé à l'improviste une ou deux journées avant la fuite vers Gretna Green, avait pu empêcher le plan de se bien dérouler. Miss Darcy, sûrement meurtrie et humiliée mais sauve, était revenue sous la protection de son frère aîné et du colonel Fitzwilliam. Les deux co-tuteurs de la jeune fille avaient probablement vécu, eux aussi, des moments fort pénibles. Comment ne pas se sentir coupables? Comment ne pas se reprocher leur manque de vigilance? Que faire pour que la jeune Georgiana retrouve quiétude et confiance? Elizabeth mesurait bien toute la peine qu'avaient vécue la sœur et le frère; si elle ne portait pas le maître de Pemberley dans son cœur, elle était toutefois assez généreuse pour ressentir une grande empathie.

... Son but principal était de s'emparer de la fortune de ma sœur qui est de trente mille livres, mais je ne puis m'empêcher de croire que le désir de se venger de moi était aussi pour lui un puissant mobile. En vérité, sa vengeance aurait été complète...

...Si vous voulez bien croire ce récit exactement conforme à la vérité, je pense que vous m'absoudrez du reproche de cruauté à l'égard de George Wickham. J'ignore de quelle manière, par quels mensonges, il a pu vous tromper. Vous n'aviez pas les éléments nécessaires pour vous éclairer sur son compte et rien ne vous disposait à la défiance...

Mr Darcy faisait preuve d'une grande magnanimité, elle ne la méritait pas. Comment avait-elle pu agir de la sorte? Elle, si fière de sa clairvoyance, elle qui s'était parfois moquée de la candeur de Jane, elle qui avait osé mettre en doute le jugement de Fanny Price. Quelle découverte humiliante! Humiliation trop méritée! L'amour n'aurait pu l'aveugler davantage; mais c'est la vanité, non l'amour, qui l'avait égarée. Flattée de la préférence de l'un, froissée du manque d'égards de l'autre, elle s'était abandonnée dès le début à ses préventions et elle avait jugé l'un et l'autre en dépit du bon sens. Voilà ce qu'elle avait fini par s'avouer avec consternation.

Pendant les jours qui avaient suivi cette demande et cette réponse, toutes deux clairement non désirées, Elizabeth avait fui dans les bois et les champs autant que faire se peut. Elle était allée se perdre dans un coin tranquille où, bien à l'abri, elle avait relu la lettre de Mr Darcy – lettre qu'elle portait sur elle dès qu'elle quittait le presbytère. Charlotte, à plusieurs reprises, avait suivi son amie des yeux alors que cette dernière disparaissait derrière le coteau et n'avait pu s'empêcher, en jeune femme intelligente qu'elle était, d'échafauder le récit des différents événements qui avaient dû se produire entre Rosings et Hunsford. Le manque de sommeil évident sur le visage d'Elizabeth et son peu d'entrain à certaines heures étaient apparus comme des indices qui avaient confirmé ses appréhensions. Heureusement, ni son époux ni sa sœur Maria n'avaient semblé deviner le drame qui s'était joué presque sous leurs yeux. Elle n'avait pu offrir que son amitié, indéfectible, et son appui en justifiant les fréquentes absences d'Elizabeth : le Kent n'était-il pas le plus beau comté? La campagne environnante avec ses prés et ses fermes ne s'avérait-elle pas inspirante? Et que dire des bois de Rosings, n'étaient-ils pas magnifiques, surtout à ce temps-ci de l'année? La propriétaire des lieux avait jugé louable l'intérêt qu'on portait à son cadre de vie et William Collins ayant appuyé vivement cette opinion qui flattait sa bienfaitrice, Charlotte avait commencé à se détendre. Bien d'autres sujets pouvaient être abordés, il s'agissait d'y aller avec doigté. Justement, elle avait reçu des nouvelles de sa cousine Fanny.

– Mrs Collins, avait confié doucement Anne de Bourgh, j'ai également reçu une lettre de Miss Price et cela m'a fait grand plaisir.

– Oh! Mrs Collins, comment ne pas remercier Miss de Bourgh qui condescend à trouver votre parente digne d'un échange épistolaire! s'était exclamé le révérend en s'inclinant vers la jeune femme.

– Bien sûr, Mr Collins, avait acquiescé son épouse sur un ton où on devinait une certaine impatience.

– Et que vous raconte donc Miss Price, Anne? J'espère que sa correspondance demeure empreinte du respect qu'elle vous doit.

– N'ayez crainte, Mère, Miss Price serait la dernière personne au monde de qui je douterais en matière de bienséance. Elle m'a gentiment recopié le poème que vous aviez récité avec elle, Miss Bennet, avait ajouté Anne de Bourgh en se tournant vers leur invitée.

Pendant que le regard vif de Lady Catherine avait suivi celui de sa fille, cette dernière avait en toute discrétion placé un mouchoir finement brodé devant sa bouche afin d'étouffer une quinte de toux qui aurait déclenché une alarme maternelle. Au même moment, Mrs Jenkinson avait replacé le châle sur les délicates épaules de la jeune femme tandis qu'Elizabeth, sortie de ses pensées par une Charlotte très attentive à la conversation, lui avait répondu gentiment : « Ainsi, Miss de Bourgh, vous aviez vraiment apprécié nos *Jonquilles*, vous m'en voyez très heureuse. »

– Vous sembliez bien songeuse, Miss Bennet, lui avait fait remarquer Lady Catherine à l'affût du moindre détail qui aurait exigé un commentaire ou, encore mieux, un conseil de sa part.

– Je me demandais, Lady Catherine, si vous verriez un inconvénient à ce que je me rende dans la bibliothèque et que j'en rapporte l'exemplaire que le colonel Fitzwilliam avait trouvé suite à notre récitation. Ainsi Miss de Bourgh pourrait lire plusieurs des poèmes de Wordsworth, je crois qu'elle en tirerait beaucoup de plaisir.

– Anne, je pense que la lecture risque de vous fatiguer. D'ailleurs, Miss Bennet lit peut-être elle-même un peu trop et cela semble lui donner des idées et des opinions dont elle paraît plutôt prodigue… si vous voulez mon avis.

– En effet, Votre Grâce, je ne peux qu'appuyer une analyse aussi sensible de la situation. On pourrait rappeler qu'une jeune femme doit être dirigée dans ses lectures afin que son esprit ne soit pas détourné et que sa modestie soit préservée. Dans tous les cas, un mari bien avisé sera le meilleur des guides, c'est d'ailleurs ce que je m'applique à être pour ma chère épouse.

La chère épouse avait eu toutes les difficultés du monde à réprimer son exaspération. Eh oui, même l'accommodante Charlotte pouvait parfois être irritée par la prétention – voire la fatuité – de son mari. Cela mettait alors à rude épreuve sa patience mais, comme le révérend Collins ne rechignait pas à lui fournir de multiples occasions de la mettre en pratique, elle voyait son habileté atteindre des sommets. Quant à Elizabeth, elle avait dû réfréner une forte envie de répliquer férocement à son insupportable cousin. L'idée, soudain, l'avait effleurée qu'il aurait pu voir le livre de Mary Astell, elle en avait frissonné et s'était promis de le cacher au fond de sa malle dès leur retour au presbytère. Puis sa pensée s'était tournée vers son amie, pauvre Charlotte! Partager la vie d'un tel énergumène… elle avait frissonné à nouveau. Curieusement, cet échange digne du révérend Fordyce avait été clos par Anne de Bourgh elle-même.

– Puis-je vous rassurer, Mr Collins, c'est Mr Darcy, sachant que je m'intéressais à la poésie, qui m'a fait connaître cet auteur.

Cela avait été dit d'un ton détaché, mais elle n'avait pu cacher une petite lueur d'amusement devant l'air ébahi et embarrassé du pasteur. Comment? Il avait osé discuter du choix de Mr Darcy de Pemberley en Derbyshire, sa bienfaitrice allait-elle le lui reprocher? Il en avait eu des sueurs froides et avait dû s'éponger le front à quelques reprises jusqu'à ce que Lady Catherine, revenue de sa surprise, eût mis un terme à tout cela.

– Darcy, un intérêt pour la poésie… je ne m'y attendais pas toutefois, s'il le partage avec vous, Anne, je ne peux que m'en réjouir bien que la lecture ait pour moi moins d'attrait que la musique. Néanmoins, j'estime que Mr Collins, de par le rôle qui lui est échu, était autorisé à donner cet avis et je l'en remercie.

– Sa Grâce est toute bonté, avait susurré William Collins en s'inclinant bien bas, aussi bas que ses rondeurs corporelles et sa servilité rampante le lui permettaient.

Sur cette édifiante démonstration de respect, Elizabeth avait donc eu la permission de s'éclipser quelques instants pour aller chercher le recueil recommandé par Fitzwilliam Darcy, celui-là même qui... Elle n'avait alors su si elle devait en rire ou en pleurer.

Chaque jour qu'avait amené cette fin de séjour dans le Kent, Elizabeth était sortie faire une marche d'au moins trois miles et avait profité de sa solitude pour se replonger dans la lecture de la lettre de Mr Darcy. Solitude au cours de laquelle elle avait pu se livrer en paix aux délices de remuer des souvenirs désagréables. Ce qu'elle avait réussi à souhait! Par exemple, Mr Darcy avait parlé de sa famille en termes mortifiants… et mérités; elle en avait éprouvé un cruel sentiment de honte. Pourtant la justesse de cette critique était trop frappante pour qu'elle ait pu la contester et les circonstances du bal de Netherfield, qu'il rappelait comme ayant confirmé son jugement, avaient produit une impression non moins forte sur son propre esprit. Ainsi s'était écoulé le temps entre doutes et reproches, les premiers s'atténuant au fur et à mesure que les seconds s'imposaient. L'examen de conscience qu'elle s'était infligé dans ces moments d'isolement ne lui avait pas laissé beaucoup de répit. Seuls la sollicitude de son amie Charlotte et les bienfaits qu'elle avait retirés à se réfugier dans la nature lui avaient apporté un certain soulagement. On pouvait donc penser, sans trop se tromper, que la jeune femme arrivée dans le Kent quelques semaines plus tôt n'était plus tout à fait la même au moment de le quitter.

Elizabeth sentit la main de Maria sur son bras. Elle se retourna et lui sourit.

– Seigneur, s'écria la jeune fille, il semble que nous ne soyons arrivées que depuis hier! Pourtant que de choses se sont passées…

– Oui, que de choses… soupira son interlocutrice.

– Nous avons été reçus pour le thé ou le dîner plus d'une dizaine de fois à Rosings. Mais vous, Elizabeth, avez manqué une de ces visites; votre migraine vous ayant empêchée de passer une agréable soirée. Toutefois, je dois vous avouer que l'atmosphère était un peu tendue lorsque le colonel Fitzwilliam s'est aperçu de l'absence de Mr Darcy. Lady Catherine semblait mécontente et a même souligné le manque de bienséance de son neveu; ce qui nous a tous mis mal à l'aise, il faut en convenir.

– Ah bon! Maintenant que je sais cela, ma déception en sera peut-être un peu plus supportable, constata la jeune femme sur un ton dont l'ironie échappa à sa jeune compagne.

– Qu'importe! Imaginez, Elizabeth, tout ce que j'aurai à raconter à mon retour! s'exclama une Maria fort enthousiaste.

– Et moi, tout ce que j'aurai à taire, chuchota la jeune femme en détournant son regard vers l'extérieur.

Bromley se profilait au loin, les nuages s'étaient amoncelés et annonçaient de la pluie. Elizabeth ferma les yeux, elle verrait bientôt Jane qui l'attendait chez les Gardiner. Jane… Quelle tristesse de penser que le manque de bon sens et de correction des siens avait privé son aînée d'un parti qui présentait de telles garanties de bonheur! Non, elle ne lui confierait pas cela; sa sœur ne méritait aucunement cette deuxième blessure, elle n'avait même pas mérité la première... Il y avait de quoi en pleurer.

*****

Installée confortablement dans le petit salon de sa tante Madeline, Jane relisait la lettre qu'elle venait de recevoir d'Elinor Dashwood et – bien qu'elle fût soulagée d'apprendre que Marianne allait mieux, que le doux printemps favorisait grandement sa convalescence... tout comme les agréables visites du colonel Brandon – elle ressentait clairement la mélancolie qui se dessinait en filigrane derrière les mots de son amie. Cela la ramena à sa peine, elle releva la tête quelques instants, s'efforçant de retenir ses larmes au souvenir de cet automne qui lui avait semblé si près du bonheur. Il lui fallait toute sa raison et un vif désir de ne chagriner personne pour ne pas s'abandonner à des regrets capables d'altérer sa santé et de troubler la tranquillité des siens. Et Elinor qui devait s'occuper de Marianne, qui devait ravaler sa peine, sans espoir de consolation... Elle venait de reprendre sa lecture quand elle entendit des voix enjouées. Elle déposa la lettre sur le guéridon et se précipita dans l'entrée, puis dans les bras d'Elizabeth. Cette dernière lui rendit son étreinte si réconfortante; qu'il était bon d'avoir une sœur! C'est sûrement ce qu'elles pensèrent toutes deux au même instant. Les retrouvailles furent heureuses et, en présence de toute la maisonnée, les nouvelles échangées se révélèrent légères et amusantes. Ce ne fut qu'une fois retirées dans la chambre qu'elles partageaient que les deux sœurs se laissèrent aller à certaines confidences. Si l'aînée fit de son mieux pour paraître sereine, sa cadette se montra plutôt préoccupée. Elizabeth confia à une Jane ébahie la terrible mésaventure de Miss Darcy et, par le fait même, la vraie nature de George Wickham. Son interlocutrice ne pouvait croire qu'il existe dans toute l'humanité autant de noirceur qu'elle en découvrait en ce moment dans un seul homme! Peut-être y avait-il eu méprise, peut-être qu'il fallait n'y voir qu'une horrible rumeur… Ainsi était Jane, profondément convaincue de la bonté de tous.

– Mais, Lizzy, comment en es-tu venue à savoir cela, à connaître la triste mésaventure de Miss Darcy?

Elizabeth dut alors raconter à sa sœur, toujours aussi ébahie, pourquoi elle était au courant de cette pénible histoire. Ce fut la partie délicate de la confession : comment expliquer à Jane ce qu'elle avait appris tout en passant sous silence le rôle et les raisons qui avaient poussé Fitzwilliam Darcy à s'impliquer dans la séparation qui les concernait, elle et Charles Bingley? Elizabeth s'en tira honorablement; il faut dire qu'annoncer que le maître de Pemberley l'avait demandée en mariage avait de quoi faire oublier tous les autres sujets sur lesquels on aurait pu se questionner. Ce fut le cas quand Jane apprit que sa sœur avait refusé l'offre, sa sympathie alla tout de suite à Mr Darcy… aussi incroyable que cela puisse paraître. Ainsi était Jane, toujours prête à compatir au malheur d'autrui. Elizabeth ne put s'empêcher de sourire à cette candeur qu'il n'y avait pas si longtemps, elle déplorait; maintenant elle se reprochait y avoir même pensé. En vérité, elle était bien obligée de s'avouer que sa sœur, Charlotte et son amie Anne Elliot avaient toutes fait preuve de plus de jugement qu'elle-même. C'est donc assez humblement qu'elle demanda conseil à sa sœur à propos de George Wickham. Devait-on, en retournant à Longbourn, révéler la vraie personnalité du jeune officier? Mais alors, il faudrait dévoiler la pénible mésaventure de cette pauvre Miss Georgiana... Mr Darcy avait demandé expressément qu'on en garde le secret, avait souligné Elizabeth. Les troupes quittaient pour Brighton d'ici peu, avait précisé Jane qui avait reçu une lettre de Kitty, éplorée par la future perte. S'il en était ainsi, alors on pouvait s'abstenir d'en parler, le cœur du problème s'éloignant bientôt de Meryton, cela réglerait l'épineux dilemme. En effet, avait conclu Jane persuadée qu'il ne fallait pas désespérer, que le jeune homme en question pouvait avec un peu de chance, de bonne foi et de bonne volonté peut-être s'amender.

*****

– Regarde là-bas, Maria, sur Leicester Square, c'est le Panorama de Mr Barker.

– Je suis très excitée à l'idée d'aller le visiter. Mais où est Malte, Elizabeth? Vous savez que je ne suis pas très bonne en géographie.

– C'est en Méditerranée, au sud de la Sicile. Ce sera sûrement intéressant, d'autant plus que l'exposition connaît un franc succès.

– Tu vois, c'est une sorte de rotonde qui domine le bâtiment assez unique en son genre, fit remarquer Jane à la jeune fille. Une de mes connaissances, Miss Jane Fairfax, m'a raconté y avoir vu la ville de Dublin.

– Ne m'avais-tu pas écrit que Miss Fairfax avait longtemps été la compagne d'Emily Campbell, la nièce de tante Madeline? demanda Elizabeth.

– Justement, elle me racontait y être venue avec cette dernière qui ne savait pas, à ce moment-là, qu'elle convolerait en justes noces avec un certain Mr Dixon dont le domaine est en Irlande.

– Comme le hasard est curieux! Miss Campbell a pu voir, en quelque sorte, Dublin juste avant d'y aller. Peut-être que l'une de nous ira à Malte un jour, qui sait? s'écria Maria Lucas.

Juste à ce moment, Mr Gardiner s'avança vers les jeunes femmes, les billets à la main. Il était accompagné d'un gentleman à l'air affable qu'il s'empressa de leur présenter.

– Mes nièces, Miss Bennet et sa sœur Miss Elizabeth Bennet, ainsi que Miss Maria Lucas. Voici Mr Louis Simond, un grand voyageur qui a passé une vingtaine d'années en Amérique. Nous nous sommes rencontrés chez un de mes agents, Mr Biggs, pour qui il avait une lettre de recommandation.

– Mesdemoiselles, je suis enchanté de faire votre connaissance. Mr Gardiner a eu la gentillesse de me faire visiter l'un des entrepôts où on déchargeait un arrivage en provenance du Ceylan.

– Vous vous intéressez aux importations de thé, Mr Simond? C'est un intérêt surprenant pour un voyageur, ne trouvez-vous pas? demanda Maria Lucas.

– Il est vrai que cela semble surprenant, dit Louis Simond en souriant, mais voyez-vous, jeune demoiselle, c'est justement ce qui m'intéresse lors de mes voyages. Je parcours une région en y cherchant ses coutumes, ses usages. Depuis quelques semaines, je visite Londres et ses différents quartiers d'où ma rencontre avec votre oncle, mesdemoiselles Bennet.

– Et sans le savoir, nous nous sommes retrouvés en train d'acheter des billets en même temps, continua Mr Gardiner. J'ai donc invité Mr Simond à effectuer la visite avec nous.

– Cela sera un grand plaisir, Mr Gardiner. J'espère toutefois ne pas m'imposer et bousculer ce qui était prévu à votre horaire ou à celui de ces demoiselles.

Jane et Elizabeth se montrèrent ravies de pouvoir discuter avec quelqu'un qui avait vécu dans une si lointaine contrée. Quant à Maria, elle aurait encore quelque chose d'extraordinaire à raconter à Sally Morris et à cette toujours aussi prétentieuse de Janet Long qui croyait tout connaître et tentait régulièrement de lui en montrer.

La conversation, lors du dîner chez les Gardiner, fut des plus enthousiastes, les invitées ayant beaucoup apprécié ce qu'elles avaient vu au Panorama ainsi que la présence de Mr Simond. Celui-ci s'était révélé un compagnon attentif dont les commentaires avaient démontré une grande expérience du monde et avaient donné un éclairage fort intéressant à la visite. Pour clore cette journée en beauté, Mr Gardiner avait rapporté du thé du Ceylan qu'on s'empressa de faire infuser et dont on s'amusa à discuter les moindres subtilités. On était à Londres, il faisait doux en cette soirée du 9 mai et, au moment où Elizabeth se mit au piano pour entamer le mouvement *allegro* de la *Sonate facile* de Mozart, elle eut une pensée pour Mr Darcy. Ce qui la surprit, c'est que cette pensée ne lui était pas désagréable.

Chapitre VI

Où on doit convenir que les échanges épistolaires ne peuvent à eux seuls exprimer les émotions et les sentiments vécus dans cette histoire

À peu près au même instant, à l'autre bout de la ville, Miss Georgiana Darcy, au bras de son frère, s'exclamait joliment sur l'agréable soirée qu'elle avait passée à suivre les ruses de Don Alfonso lorsqu'il se riait de Dorabella ainsi que de sa sœur. Et que dire de la pauvre Despina qui était l'instrument de tous ces chassés-croisés ridicules! Fitzwilliam Darcy lui sourit, heureux de la voir enfin capable de s'égayer, même si lui n'avait pas vraiment le coeur à rire. Il l'aida à monter dans la voiture qui les avait attendus non loin du Lyceum.

– Tu as raison, ces ruses étaient ridicules, quoique assez drôles. Par contre, j'ai trouvé que parfois les sous-entendus de certains propos ne seyaient pas tout à fait aux chastes oreilles d'une jeune lady.

– Fitzwilliam, je ne suis plus une enfant! Mr Lorenzo da Ponte a dû bien s'amuser en écrivant le livret. Tout était comédie et divertissement; d'ailleurs, libre à chacun de deviner le fin mot de l'histoire, non?

– Peut-être as-tu raison, Georgie. Je me fais grognon et vieux jeu en plus, excuse-moi, fit-il en jetant un œil sur Pall Mall où la voiture se frayait un chemin vers St James Street.

Il ne fallait pas laisser la discussion se terminer sur une note négative; Georgiana reprenait confiance en elle et lui, qui attendait anxieusement ces signes de guérison, se devait de l'encourager.

– Comme dans la vraie vie, on pourrait peut-être résumer le tout par « J'ai trompé, mais j'ai été trompé », qu'en penses-tu? suggéra-t-il en se tournant vers elle.

L'effet ne fut nullement celui auquel il s'attendait; la jeune fille s'enfonça dans un coin de la berline, prostrée, les larmes aux yeux. Darcy, interloqué, se répéta ce qu'il venait de dire et comprit le désarroi de sa cadette.

– Georgie… fit-il en allant s'asseoir près d'elle et en lui prenant la main. Georgie, je ne pensais pas à cela, tu dois me croire. Cela n'était aucunement une allusion à Ramsgate. Au contraire, je me réjouissais du plaisir que tu avais eu ce soir et je voulais te faire sourire encore.

– Oh! C'est entièrement de ma faute, Fitzwilliam. Je réagis encore trop vivement quand tout cela me revient en mémoire, m'excuseras-tu? bredouilla-t-elle en acceptant le mouchoir qu'il lui tendait gentiment. Oui, j'ai été trompée, mais je t'ai également trompé en te cachant…

– Tss-tss, Georgie, tu n'as rien à te reprocher. Ta jeunesse et ta nature si confiante ont été mises à l'épreuve de façon vile. C'est moi le responsable… J'avais promis à notre père de veiller sur toi et j'ai failli…

– Non, tu es un merveilleux grand frère et, si j'ai parfois des rechutes, je veux que tu saches que je me sens de mieux en mieux, le rassura-t-elle en finissant d'éponger ses larmes.

Il lui sourit tendrement.

– Alors, à quoi pensais-tu en disant cela?

– Bah! Rien d'important… articula Darcy en dirigeant son regard vers l'extérieur.

– À mon avis, le « rien d'important » est ici assez relatif… Je te connais plus que tu ne le crois, Fitzwilliam!

Il tourna la tête lentement vers sa cadette et parut, pendant quelques instants, méditer sérieusement ce qu'elle venait de lui dire. Celle-ci y vit une invitation à poursuivre.

– Justement, j'aimerais te parler de quelque chose... mais je crains que tu n'apprécies pas ce que je vais dire, fit la jeune fille en baissant les yeux.

– Voyons, Georgie, nous nous étions promis d'être francs et de ne plus laisser une situation se détériorer sans avertir l'autre, non?! Tu peux me confier ce qui t'embarrasse et je tâcherai d'y répondre le mieux possible.

– C'est que... cela te concerne directement.

– Me concerne? Raison de plus pour en discuter si cela t'inquiète, précisa son interlocuteur de plus en plus attentif aux propos de sa soeur.

– Voilà... Depuis maintenant quinze jours que tu es revenu... tu... tu n'es plus tout à fait le même. Oh! Rassure-toi, tu es toujours aussi bon et attentionné envers moi, mais... je te trouve plus mélancolique, tu es plus... plus taciturne. Je me demandais si cela était relié à mon comportement... tu comprends?

– Georgie, fit-il doucement en l'obligeant à le regarder, je te certifie que tu n'es pour rien dans mes périodes de... réflexion.

– Alors cela peut-il découler de ton séjour dans le Kent? l'interrompit sa cadette quelque peu soulagée par la réponse de son aîné. Pourtant, dans tes lettres, tu me disais avoir de l'agrément.

– Je ne peux nier que je passe à travers quelque chose de... difficile, mais j'irai mieux bientôt. Ne t'en fais pas, tenta de la rassurer Darcy.

– Si, je m'en fais et je suis peinée de te voir ainsi. Ne peux-tu me confier un peu de tes... réflexions? Cela te semblerait moins lourd à porter.

Songeur, il dirigea son regard vers la rue alors que la voiture abordait Piccadilly. Pour la première fois depuis longtemps, il sentit le besoin de se confier un peu. Lui, si réservé, se demanda ce qu'il pouvait dire à sa cadette qui lui ferait comprendre ce qu'il vivait sans entrer dans tous les détails. Et s'ouvrir à sa sœur permettrait peut-être à cette dernière de se sentir digne de confiance, digne de *sa* confiance. Il ferma les yeux puis se lança.

– Tu m'as demandé, il y a quelques instants, pourquoi j'avais dit « J'ai trompé, mais j'ai été trompé »… Eh bien, c'est parce que cette phrase me touchait, moi, personnellement.

Georgiana, compatissante, mit la main sur le bras de son frère mais demeura silencieuse, attentive à ce qu'il lui avouait.

– J'ai dû me remettre en question très sérieusement depuis mon retour… On m'a fait prendre conscience de certaines de mes attitudes… peu correctes.

– Voyons, c'est impossible, Fitzwilliam, tu es un frère merveilleux! s'écria Georgiana, abasourdie par ce qu'elle entendait.

Il y eut un silence où, pendant quelques minutes, on entendit le claquement des sabots sur les pavés et un certain va-et-vient au coin d'Old Bond Street.

– Georgie, je ne parle pas du frère que je suis mais du maître de Pemberley, de celui qui porte le nom des Darcy… de celui qui peut parfois être méprisant, hautain et peu soucieux des sentiments d'autrui. Tu comprends, n'est-ce pas? fit-il douloureusement.

– Mon Dieu! Fitzwilliam, à t'entendre tu serais un être arrogant et égoïste, ce qui est loin d'être le cas, je te le certifie. Qui donc peut être assez aveugle pour ne pas voir ta générosité et toute l'attention que tu donnes à ceux qui t'entourent? Qui, je te le demande?

– Chère petite sœur, tu es bien gentille de prendre ma défense ainsi. Mais je t'assure que j'ai fait, ces derniers temps, un sérieux examen de conscience et je dois t'avouer qu'il était justifié que l'on me fasse ces reproches.

– Mais qui? réitéra la jeune fille, émue par la confession de son aîné. Je devine que cela s'est passé pendant ton séjour chez tante Catherine… Qui peut t'avoir fait de telles remontrances? Dans quelle circonstance cette personne a-t-elle pu te juger de façon aussi défavorable?

– Non, cette personne a raison, Georgie, c'est mon orgueil qui…

– À mon avis, Fitzwilliam, cette personne est victime de préjugés, trancha Georgiana en l'embrassant sur la joue.

La voiture arrivait à hauteur de Grosvenor Square, il fut décidé qu'un changement de sujet serait bienvenu. C'est ainsi que, lorsque John ouvrit la portière pour permettre aux Darcy de descendre, ceux-ci discutaient de l'ouverture exécutée *andante* que l'aîné avait appréciée ainsi que du solo de hautbois qui, par les émotions qui en émanaient, avait touché sa cadette. Simplement, un témoin quelque peu vigilant aurait remarqué que Miss Darcy serrait avec plus de vigueur le bras de son frère et que ce dernier avait placé chaleureusement sa grande main sur la petite sienne.

*****

C'est en sortant de chez Jackson sur Stafford Street que Darcy croisa John Knightley. Ce dernier s'exclama vivement : « Fitzwilliam Darcy! C'est tout un hasard, George m'a donné une lettre à votre intention et voilà que je vous rencontre! Comment allez-vous? Et votre jeune sœur? George craignait que sa missive ne vous parvienne trop tard et que vous soyez déjà en route pour le Derbyshire. »

– John, quel plaisir de vous rencontrer ici! Ma sœur et moi sommes encore à Londres pour quelque temps, j'ai différentes affaires à régler qui requièrent ma présence ici. Votre épouse et vos enfants vont-ils bien?

– Oui, tout le monde se porte à merveille, y compris notre nouvelle venue! Une adorable petite fille qui se prénomme Emma, comme sa tante.

– Félicitations! Transmettez à Mrs Knightley mes sincères salutations. Et vous, John, vous vous prépariez pour une petite séance de boxe, peut-être? fit Darcy sur un ton humoristique.

– Non, en fait, je sors de la bibliothèque, indiqua John Knightley en pointant la porte voisine. J'y ai trouvé plusieurs livres qui feront des heureux pendant notre séjour à la mer. Mais si, moi, je ne fréquente pas le gymnase, il semble évident que, vous, vous le fréquentez, je me trompe?

– Non, vous avez raison, depuis mon retour du Kent, j'y suis venu plusieurs fois… Je trouve que cela m'aide à éloigner la pression qu'occasionnent trop souvent les affaires courantes et les nouvelles peu réjouissantes. Quand on regarde comment les choses se passent au niveau de l'agriculture, des manufactures, de la guerre contre les armées napoléoniennes, on ne peut que s'interroger sur la suite des choses.

Si Darcy avait dit *tout* ce qu'il pensait, il aurait dû ajouter que rien ne valait la boxe et l'escrime lorsqu'il s'agissait d'éloigner déception, frustration et affliction. Toutefois il réalisait que le cœur avait ses silencieuses raisons que n'avait pas le corps; c'est ainsi que ce dernier pouvait se surpasser, s'exalter et surtout se libérer des tensions, et ce au vu et au su de tous… Ce qui n'était, hélas, pas le cas du cœur.

– Vrai, les nouvelles de Wellington et du siège de Fuentes de Onõro nous parviennent peu à peu et que dire de cette crise du papier-monnaie… La résolution de la

Chambre des Communes à propos des engagements de la banque d'Angleterre est à n'y rien comprendre!

– Je n'ai jamais caché être un Tory, mais je ne peux vraiment pas appuyer les décisions de Spencer Perceval et de son gouvernement. Il ne pourra résulter de tout cela que des spéculations risquées qui n'aideront en rien la société à se calmer.

– C'est pourquoi, Darcy, je suis persuadé que cela vous sera un soulagement de retourner dans vos terres, loin de tout ce chaos, bien que je craigne qu'il ne rejoigne tout un chacun dans un avenir pas si lointain, souligna John Knightley, pensif.

– Vous avez raison. J'aimerais bien avoir l'opinion de George à ce propos…

– Justement, voici la lettre qu'il m'a remise et, si je ne me trompe, c'est une invitation; vous aurez donc tout le loisir d'en discuter. Et si vous passez par Brunswick Square, n'hésitez pas à venir nous voir! conclut John Knightley chaleureusement.

Darcy mit la lettre dans une poche intérieure et rendit cordialement son salut à son interlocuteur. Cet échange bien que plus ou moins réjouissant de par son contenu l'était par son ton amical, ce qui permit un retour plus agréable que ne l'avait été l'allée. Ces temps-ci, le moindre détail de ce genre comptait.

La toile de John Constable serait installée à Pemberley, en attendant Darcy l'avait appuyée au manteau de la cheminée dans la bibliothèque et l'admirait en savourant un brandy. Il avait décidé de se faire plaisir et avait donc acquis *Paysage avec cottages*. Curieusement, avec cet achat, la douleur qu'il traînait par-devers lui s'était quelque peu atténuée; il avait fini par admettre que l'œuvre qu'il admirait réellement lui rappelait Elizabeth Bennet et cela lui avait fait du bien. Ce serait un souvenir, une impression furtive… sa façon à lui de l'avoir à Pemberley. Des voix qui s'approchaient le sortirent de ses réflexions.

– Fitzwilliam, devine qui vient nous rendre visite? lança joyeusement Georgiana Darcy en entrant dans la pièce.

– Richard! Je ne te savais pas encore à Londres, j'espère que tu restes à dîner… à moins que Lord Matlock t'ait réquisitionné pour un repas de famille.

– Je passe avant de quitter pour un certain temps et je voulais être sûr que notre jeune lady se porte bien. Alors, oui, j'accepte l'offre et, non, le repas familial obligatoire a eu lieu hier; je suis donc libre jusqu'à demain aux premières heures! dit le colonel en faisant un petit clin d'œil à sa jeune cousine. Mais que vois-je? Ne serait-ce pas l'une des fameuses toiles du peintre dont tu m'as parlé il y a quelques semaines?

– C'est une œuvre de Mr Constable, précisa Georgiana, et Fitzwilliam tient à l'exposer dans le salon de musique à Pemberley. Je crois qu'elle y sera très bien, d'autant plus que nous y passons presque toutes nos soirées.

– Et bien, Fitz, elle doit avoir une grande valeur pour toi si tu tiens à l'avoir sous les yeux aussi fréquemment. Je n'y connais pas grand-chose en peinture, mais j'avoue lui trouver, comment dirais-je, une certaine fluidité; on dirait que les taches de couleurs s'agitent doucement dans le paysage. Par contre, permettez-moi de trouver le sujet de la toile un peu… simple.

– Vrai! C'est, entre autres, la simplicité de cette œuvre qui me touche, on n'y trouve aucun artifice. Tu vois, Georgie, notre cousin n'est pas aussi rustre qu'on pourrait le croire à première vue! s'exclama Darcy en se tournant vers sa soeur.

– Tu as raison, Fitzwilliam, si on est un tant soit peu attentif, on décèle une certaine fibre artistique chez Richard! Il faudra en glisser un mot au comte de

Matlock, il aurait ainsi l'occasion de voir son fils sous un tout autre jour, qu'en penses-tu?

– C'est comme si c'était déjà fait! assura Darcy, entrant dans le jeu de sa cadette.

– Ne serait-on pas en train de se moquer d'un officier de l'armée du roi? Si c'est ainsi, sachez, jeune fille, que je ne vous remettrai point la lettre que j'ai ici pour vous…

Se faisant, le colonel brandit un pli à une hauteur telle que Georgiana ne pouvait l'atteindre. Il s'ensuivit une poursuite autour du bureau de Darcy qui, heureux de voir sa soeur revenir à ses espiègleries de petite fille, n'intercepta l'objet convoité qu'au moment où le majordome entra pour annoncer que le dîner serait bientôt servi. Essoufflée, mais fort amusée, Georgiana ouvrit la lettre que lui tendait son frère et la parcourut rapidement, un sourire aux lèvres.

– Fitzwilliam, c'est tante Victoria et oncle James qui m'invitent à passer quelques semaines à Matlock! Ils quittent après demain et reviennent à la fin de juin. De plus, ils y emmènent Violet et Benjamin. Je pense… que j'aimerais y aller…

– Et voilà, c'est une des raisons de ma visite aujourd'hui, fit le colonel en souriant à Georgiana. J'espère que ton grincheux de frère donnera son accord!

– Comment grincheux?

– Gentlemen, pas de dispute! Le dîner sera servi bientôt, je monte me changer et nous discuterons de tout cela pendant le repas, déclara la jeune fille d'un ton faussement autoritaire qui fit rire les deux protagonistes. Elle tourna les talons et disparut dans l'instant.

– Richard, on dirait que nous retrouvons peu à peu notre Georgie d'avant, ne trouves-tu pas?

– Tu as raison, cela me rassure. Tu la laisses partir avec mes parents, n'est-ce pas? Elle semble y tenir alors que la dernière fois qu'elle avait reçu leur invitation, elle l'avait refusée prétextant je ne sais plus quoi. Oui, elle semble aller de mieux en mieux.

– Elle ressent parfois encore de la culpabilité, c'est arrivé récemment, mais j'avoue que cela était un peu de ma faute.

– Fitz, il faut cesser de te sentir fautif à chaque petite récidive… Et changement de sujet, puis-je te signaler que je t'ai vu rire de nos pirouettes aujourd'hui et je dois t'avouer que je ne t'avais pas vu aussi détendu depuis… depuis, tiens, la fin de notre séjour dans le Kent. Tu sembles ruminer de sombres pensées…

– Richard, je vais bien, ne t'inquiète pas pour moi, s'empressa de dire Darcy. Pour ce qui est de l'invitation de Lady Matlock, cela ne peut faire que du bien à Georgiana. Elle aura plaisir à s'occuper des enfants de ton frère. Tante Victoria a toujours été très bonne pour nous et… elle a dû être un peu déçue du refus de Georgiana en décembre, alors tout est pour le mieux, non?!

Le colonel ne releva pas le fait que ce n'était pas « tout » qui était pour le mieux, il y avait une partie qui ne semblait pas aller aussi bien que son cousin le laissait entendre; le connaissant, il savait qu'il n'en tirerait rien… pour le moment.

– Je suis de ton avis, Richard, fit Georgiana en déposant son verre d'eau. Fitzwilliam paraît avoir moins d'entrain que d'habitude, peut-être que l'air de Londres en cette fin de printemps particulièrement chaude y est pour quelque chose.

– Non, je t'assure, Georgie, qu'il était déjà morose lorsque nous avons quitté Rosings il y a deux semaines. Et là, on ne parle même pas de l'hiver qui vient de passer…

Darcy, un peu exaspéré, suivait des yeux les deux interlocuteurs qui discutaient comme s'il n'avait pas été dans la pièce. Il s'apprêtait à intervenir lorsque sa sœur prit les devants d'une façon inattendue.

– Richard, nous pouvons nous entendre au moins sur le fait que mon grand frère semble avoir besoin d'une petite diversion afin de se changer les idées, fit la jeune fille, tournant son regard vers Darcy et lui faisant discrètement un clin d'œil.

Le « sujet » de la discussion prit une gorgée de vin et attendit de voir ce que sa cadette avait mijoté, choisissant de ne pas intervenir maintenant dans la conversation.

– Voilà, fit timidement Georgiana soudainement consciente de son intrusion, sûrement mal venue, dans la vie privée de son aîné. Je… je propose… Non, je suggère…

Qui était-elle vraiment pour dire à son frère ce qu'il devait faire? Elle, qui n'avait pas su régler sa propre conduite, voulait gérer celle du maître de Pemberley. Non! Elle voulait simplement l'aider à se détendre et à oublier les paroles blessantes qui l'avaient si profondément meurtri. Il lui avait lui-même souligné récemment l'importance de rester à l'écoute l'un de l'autre.

– N'hésite pas, Georgie, je suis certain que Fitz sera heureux que tu le conseilles… après tout, il n'a peut-être pas vraiment guéri sa peine d'amour… et si c'est le cas, je devrai alors en parler à Lady Matlock, elle se fait facilement du souci pour lui, fit le colonel d'un ton taquin.

En voyant l'air malheureux de Georgiana et le visage de son cousin qui avait pâli brusquement; il réalisa qu'il venait de faire un faux pas… mais il ne savait exactement lequel.

– Je suggère, si Fitzwilliam le veut bien, dit la jeune fille en reprenant contenance, qu'une fois ses affaires réglées ici, il rende visite à…

– À George Knightley, continua Darcy en souriant à sa sœur.

– Oui, fit cette dernière en lui rendant son sourire. Puisque tu as reçu son invitation, pourquoi n'en profiterais-tu pas? Vous vous entendez bien lui et toi… Et ainsi, je ne te laisserais pas seul à Londres pendant que je séjournerai avec tante Victoria et oncle James; cela me rassurerait de te savoir en bonne compagnie, loin de tes soucis.

Que ne ferait un grand frère pour faire plaisir à sa petite sœur, surtout s'il avait déjà décidé d'accepter l'invitation! Néanmoins, il laissa à Georgiana le plaisir d'avoir eu l'initiative de le soulager du poids de ses réflexions.

Richard Fitzwilliam fut alors conscient qu'il lui manquait quelques explications. Toutefois, constatant la complicité entre ses deux cousins, il conclut qu'il pouvait vivre avec son ignorance… pour le moment.

– Fitz, il me semble que l'année passée, à peu près à cette date-ci, tu t'y étais rendu, est-ce que je me trompe?

– Non, George s'en souvenait d'où son invitation. Je partirai dans une dizaine de jours, le temps de terminer mon travail ici.

Ce que se rappelèrent simultanément le frère et la sœur, c'est que le premier, revenant de Donwell Abbey, était intervenu dans la malheureuse aventure de la seconde à Ramsgate. Il leur fallait sans doute conjurer le mauvais sort et s'entourer de gens accueillants et loyaux s'avérait la meilleure solution.

– Et le Derbyshire? Vous y rendrez-vous bientôt?

– Oh oui! Je reviendrai à Londres pour terminer certaines affaires en cours, je passerai chercher Georgiana chez tes parents puis nous regagnerons nos terres vers la troisième semaine de juillet. Mrs Annesley sera alors revenue de son séjour dans sa famille, si ma mémoire est bonne…

– En effet. De plus, il ne faut pas oublier, Fitzwilliam, que nous aurons plusieurs invités dès notre arrivée à Pemberley. Alors tu vois, Richard, que tu pourras partir l'esprit tranquille. Nous aurons, cette année, un bel été, j'en suis certaine, conclut la jeune fille en rougissant légèrement.
Le colonel fut touché par l'allusion de la jeune fille. Il ne pouvait oublier la détresse et la peine qui avaient été le lot des pénibles semaines après la douloureuse expérience à Ramsgate. Charitable Georgiana qui tenait à le rassurer avant son départ alors que la blessure infligée par ce maudit Wickham n'était pas encore tout à fait cicatrisée! Il lui sourit avec tendresse.

*****

Elizabeth avait quitté Finsbury Square, heureuse d'avoir trouvé ce qu'elle cherchait chez Lackington, ainsi aurait-elle des heures de lecture en perspective, c'était sans compter l'acquisition d'une édition de *Don Quichotte* en quatre volumes. Cet *hildago*, qui se posait comme un redresseur de torts et faisait fi des conventions sociales si rigides de l'Espagne de ce début de XVIIe siècle, ne pouvait que faire les délices d'un esprit comme celui de Thomas Bennet. Celui-ci en avait d'ailleurs lu la première partie lors de ses études et le style satirique de Miguel de Cervantès l'avait, dès ce moment, enchanté. Ce n'est que récemment qu'il s'était souvenu, à la faveur de sa rencontre avec William Collins, de cette œuvre magistrale. Les personnages pompeux, ridicules et complètement dénués de bon sens le réjouissaient grandement. Il avait donc demandé à sa cadette de lui trouver une édition complète qui viendrait égayer les longues soirées dans son antre où, à l'abri du charivari familial, il savourerait avec un égal plaisir littérature et porto. La librairie, impressionnante par sa dimension, avait ravi Elizabeth et elle se promettait, lors de son prochain séjour chez les Gardiner, d'y revenir. De son pas vif, elle tourna dans Gracechurch Street, suivie par une jeune servante qui portait ses achats. Aussitôt entrée, elle enleva son chapeau de paille et rejoignit sa tante et sa sœur qui semblaient en grande discussion au salon. À son arrivée, un jeune homme se leva et s'inclina poliment. Elle le reconnut d'emblée.

– Mr Morland, quel plaisir de vous revoir! J'espère que vous allez bien.

– Miss Elizabeth, tout le plaisir est pour moi. Je vais… assez bien, je vous en remercie. Et vous, vous m'avez l'air en pleine forme.

– J'arrive de la librairie où j'ai fait quelques achats que je rapporterai en Hertfordshire.

– Cela tombe bien, intervint Jane, car Mr Morland passait donner des nouvelles de sa famille et nous demander, fort gentiment, si nous pouvions nous charger de cette lettre et de ce colis pour oncle Philips.

– Bien sûr! s'exclama Elizabeth, il nous sera facile de déposer le tout lorsque nous passerons à Meryton.

– Dans ce cas, je puis donc partir l'esprit tranquille. Mrs Gardiner, je vous remercie pour le thé, mais surtout pour votre compréhension et votre gentillesse... Miss Bennet, Miss Elizabeth, saluez de ma part ma tante et mon oncle Philips ainsi que votre famille. J'espère que nous pourrons nous revoir un de ces jours. Je dois y aller, la diligence part bientôt et Fullerton n'est pas à la porte. Encore merci pour votre accueil!

Ce à quoi répondirent chaleureusement l'hôtesse et ses deux nièces.

James Morland avait à peine franchi le seuil que Madeline Gardiner invitait Elizabeth à se servir une tasse de thé et à s'asseoir auprès d'elle.

– Lizzy, tu es arrivée alors que James était sur son départ, tu n'as donc pu entendre la nouvelle qu'il nous a apprise, commença Jane doucement.

– Par contre j'ai bien remarqué que vous faisiez preuve, toutes les deux, d'une évidente sympathie… J'espère qu'il n'est pas arrivé un malheur à Fullerton, s'enquit la jeune femme d'un ton inquiet.

– Non, la famille de Catherine se porte bien, la rassura Mrs Gardiner. J'avais reçu, il y a quelque temps, une lettre de votre tante Dorothy qui m'avait appris que James était fiancé.

– Fiancé!

– Oui, Lizzy… et tante Madeline en le voyant se présenter ici, l'a félicité continua son aînée. James est devenu pâle et embarrassé. Il a fini par nous avouer qu'il venait de rompre ses fiançailles.

– Pauvre James! Il doit être vraiment malheureux! s'exclama Elizabeth avec empathie.

– Oui, il va sans dire. En fait, il est surtout soulagé… fit Mrs Gardiner. Selon ce que Jane m'a confié, vous connaîtriez toutes les deux la personne en question.

Elizabeth se tourna vivement vers sa sœur, atterrée par ce que venait de dire sa tante. Comment pouvait-elle connaître une telle jeune femme? Et James… rompre ses fiançailles, il fallait donc que la raison soit importante.

– Tout compte fait, Lizzy, tu ne seras pas si surprise que cela, souligna sa soeur. James était fiancé à Miss Isabella Thorpe.

– Isabella Thorpe?! À bien y penser, tu as raison, je ne suis pas si surprise que cela. Au bal de Meryton, elle avait fait preuve d'un manque évident de retenue. Mais je dois avouer, ajouta Elizabeth en s'adressant à sa tante, que c'est une jeune femme fort aguichante et que plusieurs messieurs l'avaient remarquée durant la soirée. Lydia la trouvait si intéressante qu'elle a répété deux ou

trois fois qu'elle aurait aimé lui ressembler et la fréquenter.
Ce qu'Elizabeth ne précisa pas, c'est qu'un certain gentleman, lui, avait rapidement vu clair dans le jeu de la jeune femme; il faut dire qu'il devait avoir beaucoup plus d'expérience en la matière que ce pauvre James Morland. Mais pourquoi cela lui venait-il à l'esprit? Que venait faire Mr Darcy dans ses pensées? Elle le chassa d'un coup de tête et se concentra sur la conversation.

– À mon avis, ce que dit votre jeune sœur ne mérite pas souvent d'être écouté et encore moins d'être suivi, souligna Mrs Gardiner.

– Vous avez bien raison, tante Madeline, nous pourrions vous donner des dizaines d'exemples peu édifiants de commentaires émis par notre benjamine, soupira Jane.

– Sait-on la raison de cette rupture?

– Il semblerait qu'un certain capitaine aurait attiré l'attention de Miss Thorpe au point que celle-ci se serait… compromise… et ce, même en étant fiancée! finit par dire Mrs Gardiner. C'est Catherine qui aurait reçu une lettre de cette dernière lui enjoignant de la croire toujours éprise de James. Comment cette jeune femme a-t-elle pu agir de façon si répréhensible tout en tenant à s'assurer les sentiments James? J'en suis renversée.

– Peut-être que tout cela n'est qu'une vilaine rumeur, suggéra Jane, et qu'il y a une explication, une possible réconciliation. On pourrait du moins l'espérer.

– Je reconnais bien là ta bienveillance, ma chère sœur, mais peut-être faut-il se dire que si James s'est rendu jusqu'à la rupture, c'est qu'il avait de très sérieuses raisons.

– En effet, paraît-il que Catherine qui a fréquenté cette jeune femme pendant plusieurs semaines n'aurait pas

répondu à sa lettre et aurait, par le fait même, appuyé la décision de son frère.
Toutes trois restèrent quelques instants silencieuses. Elizabeth se rappela avoir eu des nouvelles par Anne Elliot qui lui confiait son inquiétude à propos des fréquentations de la naïve jeune fille dont elle avait fait la connaissance lors de son séjour en Hertfordshire. Son amie avait donc eu raison, mais c'était le frère qui en avait été victime et non la sœur.

– Souhaitons, conclut Elizabeth, que Catherine se tienne loin de cette intrigante et que James se remette de sa déception assez rapidement.
Les souhaits de la jeune femme furent en grande partie réalisés car Catherine, en visite à Northanger Abbey, avait toutes les raisons du monde de ne point penser à Miss Thorpe. De son côté, James, accueilli chaleureusement par sa famille, se fit proposer par son père, le révérend Richard Morland, d'aller revisiter son *alma mater*, d'y revoir certains de ses confrères. Le jeune homme ne se fit pas prier et prit la direction d'Oxford la semaine suivante, l'esprit un peu plus alerte et le cœur un peu moins meurtri.

*****

C'est probablement Mr Bennet qui fut le plus heureux du retour de ses deux aînées. Il crut déceler un certain manque d'éclat dans le regard de chacune d'elles. Était-ce la perspective de devoir survivre au départ de la milice prochainement… et de souffrir que le délicieux Mr Wickham, dont les fiançailles avaient été rompues, aille conter fleurette ailleurs? À moins que ce ne fût le triste souvenir de quelque gentleman qui s'en était allé… Cette perspicacité ne fut hélas que passagère pourtant cela aurait peut-être été bénéfique, sachant qu'il avait sûrement le bonheur de Jane et d'Elizabeth à cœur.

Toutefois, il n'était pas dans la nature du maître de Longbourn de se questionner très longtemps; d'ailleurs, il oublia rapidement cette première impression à la vue des tomes de *Don Quichotte* que sa cadette déposa sur son bureau.

Cette dernière revint sur ses pas lorsqu'elle entendit la voix de Lady Lucas venue chercher sa fille et prendre des nouvelles des voyageuses.

– Mère, vous ne devinerez jamais tout ce que j'ai vécu d'extraordinaire depuis mon départ de la maison! s'exclama Maria en embrassant Lady Lucas.

Toutes se mirent à rire devant la candeur de la jeune fille et la discussion reprit dans une cacophonie telle qu'Elizabeth et son aînée se regardèrent en soupirant; elles avaient oublié ce que pouvait donner une rencontre de membres exclusivement féminins à Longbourn. C'est pourquoi toute personne de bon sens se serait empressée d'éprouver une grande sympathie pour le maître des lieux, seul homme à bord. Mais l'amiral s'était réfugié dans ses quartiers, laissant à l'équipage le soin de hisser les voiles et de naviguer au près. On peut même ajouter que la mer devint houleuse lorsqu'il fut question de Miss Isabella Thorpe : les unes la critiquant vertement, les autres l'admirant ouvertement. C'est Lady Lucas qui les ramena à bon port en agitant une lettre de Charlotte. L'annonce fit sourire les unes et soupirer les autres, contribuant ainsi à créer une certaine accalmie.

– Mais, Maman, je puis vous donner de vive voix toutes les nouvelles, j'y étais! s'écria Maria, un peu déçue d'être réduite à jouer les seconds violons alors qu'elle avait tant à raconter.

– Et voilà des nouvelles de ce pompeux Mr Collins, marmonna Mrs Bennet. Comme si cela nous intéressait de savoir ce que l'héritier de Longbourn dit et fait…

– Mère, chuchota Mary, vous semblez oublier que nous aurons peut-être besoin un jour de la générosité de Mr

Collins qui, je vous le rappelle, a tout fait pour vous satisfaire il y a à peine quelques mois.

– Mary, je ne veux point vous entendre à ce sujet. Il m'est déjà assez pénible que Lady Lucas en fasse étalage, n'en rajoutez pas, de grâce, vous savez que mes nerfs ne le supporteront pas.

En prononçant ces mots à voix basse, Fanny Bennet coula un regard amer vers sa cadette; celle-ci lui fit un petit sourire contrit et haussa les épaules… Allait-elle porter le blâme à propos de ce refus jusqu'à la fin de ses jours? Finalement, le système nerveux de Mrs Bennet fit, une fois encore, preuve d'une grande résilience qui fut salutaire, car la rencontre put se terminer dans un certain calme. C'est ainsi qu'on apprit que Mr Collins avait réussi à impressionner les gens de Rosings lorsqu'il avait exhibé sa nouvelle variété de concombres, que Miss de Bourgh semblait prendre plaisir à lire de la poésie et que Lady Catherine avait été flattée lorsqu'on avait respectueusement sollicité son opinion à propos de l'aménagement du petit parc qui jouxtait la place publique du village. On apprenait qu'elle avait alors donné son avis… et les directives à suivre et qu'elle consentirait à aller vérifier si le travail était bien fait. Charlotte terminait par des nouvelles de Fanny Price qui, dans sa lettre, la remerciait pour son hospitalité et la rassurait sur son retour *satisfaisant* à Mansfield Park. Elizabeth en fut soulagée, puis sa pensée bifurqua vers Londres où elle imaginait que le retour d'un certain gentleman sur Grovesnor Square avait dû être tout sauf satisfaisant… Heureusement, cela datait d'une bonne quinzaine de jours et le tourbillon des activités de la Capitale avait probablement happé Mr Darcy. Il avait donc sûrement déjà tout oublié; elle allait en faire autant, foi de Lizzy! C'est ce qu'elle se promit en mettant la main dans une de ses poches; celle, bien sûr, où elle avait glissé la lettre qu'il lui avait écrite.

Chapitre VII

Où ce ne sera ni la première ni la dernière fois qu'il sera question de la frivolité de Lydia Bennet et de la perspective que cela puisse porter à conséquence

Comme toute bonne chose a une fin, on apprit la date où la milice, cantonnée à Meryton depuis plusieurs mois, devait quitter pour s'installer à Brighton. Peu après cette annonce, on s'aperçut que toute la jeunesse féminine du voisinage montrait des signes d'un profond abattement. La tristesse semblait universelle. Seules, les aînées des demoiselles Bennet étaient encore en état de manger, de dormir et de vaquer à leurs occupations quotidiennes. Comment Kitty et Lydia traversèrent-elles cette épreuve? Nous l'ignorons, tout comme Mr Bennet d'ailleurs. Toujours est-il qu'au même moment, Mrs Bennet ressentit la grande nécessité de revoir tous ces charmants jeunes hommes portant l'uniforme avant leur départ, peut-être était-ce une réminiscence d'un certain colonel Miller qui lui donna cette idée. Se retrouvèrent donc à Longbourn, lors d'une fin d'après-midi, le colonel Forster et son épouse qu'accompagnaient les officiers ainsi que les représentants des meilleures familles des environs.

– Miss Elizabeth, c'est un plaisir de vous revoir. On m'a dit que votre séjour dans le Kent vous avait plu.

– En effet, Mr Wickham, répondit-elle en prenant une gorgée de thé. J'ai beaucoup aimé la région.

– Vous avez fait connaissance avec Lady Catherine de Bourgh, cela s'est-il bien passé?

– Assez bien, oui. Cela a été d'autant plus plaisant que le colonel Fitzwilliam et Mr Darcy ont eux-mêmes séjourné à Rosings pendant ce temps.

– Le colonel… et Mr Darcy! ajouta le jeune officier, l'air un peu moins sûr de lui. Je me souviens du premier comme d'un homme affable et facile d'approche, bien loin du caractère du second.

– Bien loin, il est vrai… Mais cela n'est pas, de ma part, un jugement négatif pour autant.

– Que voulez-vous dire? A-t-il changé à un point tel qu'il est aussi agréable à fréquenter que son cousin le colonel? Vous m'en voyez fort surpris.

– Non, Mr Darcy n'a pas vraiment changé. Par contre, je pourrais ajouter avec certitude qu'il gagne sérieusement à être mieux connu. En cela, vous m'en voyez, moi aussi, fort surprise.

Devant l'air dubitatif de son interlocuteur, Elizabeth eut un petit sourire railleur; elle avait plaisir à laisser ce manipulateur dans l'expectative.

– Ainsi, Mr Wickham, reprit-elle, nous voilà tous les deux fort surpris… en espérant que cette surprise soit aussi agréable pour *vous* qu'elle l'est pour moi.

Le tour qu'avait pris la conversation n'avait pas dû plaire à Mr Wickham, car il se dépêcha de répondre à un appel désespéré d'une des jeunes femmes les plus hardies du groupe; comme Miss Lydia Bennet, par exemple. Et pendant qu'il se précipitait au secours de qui voulait bien être secourue, Elizabeth ressentit un grand soulagement à savoir que la milice quitterait d'ici quelques jours et que la vie reprendrait son cours normal : c'est-à-dire que Jane cacherait sa peine, que Lydia et Kitty ne la cacheraient pas du tout, qu'elle-même cacherait tous les souvenirs pénibles reliés à Hunsford, et Mary… eh bien, elle cacherait peut-être quelques regrets liés à Mr Collins.

Longbourn, le 22 mai 1811

Cher journal,

Je sens la nécessité de m'épancher aujourd'hui, probablement que le révérend Fordyce me ramènerait à un peu plus de retenue. Mais vraiment, suis-je obligée de subir tous les hauts et les bas de l'humeur de Kitty et de Lydia? Je ne peux que me réjouir du départ, il y a un peu plus d'une semaine, de la milice, cela ramènera peut-être un peu de sérieux dans cette maison. Comment travailler avec application quand, à tout moment, quelqu'un surgit en se lamentant du départ des officiers et interrompt mes pratiques de piano pour des futilités.

Je dois m'exhorter à la patience, il semble que les deux plus jeunes de la famille me mettent à l'épreuve plus que de coutume en ce moment et Mère ne décourage en rien leur attitude. Je dois sans cesse me répéter que le respect de mon prochain n'est pas qu'un vœu pieux. Pourtant, parfois, je n'espère qu'une chose, c'est que Lydia disparaisse, que tante Gardiner l'invite à la place de Lizzy et que nous soyons délivrés de sa présence si exaspérante!

Non, je ne puis me laisser aller ainsi, cher journal, cela me soulage, mais j'avoue que c'est loin d'être édifiant. Si Mr Collins était ici, je pourrais lui demander conseil...

Le cri de joie parvint aux oreilles de Mary, penchée sur son journal, ainsi que de celles de toute la maisonnée. Il fut suivi de quelques pas de gigue puis la benjamine se précipita chez sa mère, Kitty, les larmes aux yeux, lui emboîta le pas. N'était-elle pas la parfaite complice de sa soeur? Ne partageaient-elles pas tout?

L'invitation aurait dû la concerner elle aussi! Pourquoi favoriser Lydia? Mrs Forster ne s'était-elle pas plu en sa présence? Que cela était injuste!

– Maman! Maman! Je viens de recevoir une merveilleuse nouvelle! C'est une lettre d'Harriet Forster. Voici ce qu'elle m'écrit : « Chère amie, comme nous avons développé une agréable complicité pendant tous ces mois où la milice a séjourné à Meryton, que diriez-vous de me rejoindre à titre de compagne durant notre séjour à Brighton? Le colonel a loué une maison et, si vous acceptez mon invitation, ce sera un plaisir de vous recevoir, etc., etc. » N'ai-je pas une chance extraordinaire?!

– Oh! Lydia, quelle magnifique occasion pour vous de vous faire connaître et de vous mettre en valeur! Il y aura sûrement de belles soirées et de magnifiques bals où vous aurez l'occasion de danser avec la plupart des officiers.

– Zut! Maman, ce n'est pas juste! Moi aussi, je veux aller à Brighton et danser et m'amuser…

– Kitty, Mrs Forster a invité votre sœur, c'est ainsi et vous n'y pouvez rien. Alors, de grâce, calmez-vous! Vous devriez faire preuve de plus de maturité, après tout, vous êtes son aînée de deux ans.

– Lydia, intervint Elizabeth qui avait entendu l'échange bien malgré elle, tu n'as pas encore l'accord de notre père et…

– Lizzy, comment pouvez-vous faire preuve de si peu de compréhension? l'interrompit Mrs Bennet. C'est une très belle occasion pour votre jeune sœur de faire ses premiers pas dans la « vraie » société. Votre père ne pourra qu'y être sensible.

– Na! Tu vois, Lizzy, je suis certaine d'y aller. Mais, Maman, s'écria Lydia en se tournant vers Mrs Bennet, il me faudrait d'autres robes, je ne peux me présenter ainsi devant le Tout-Brighton, n'est-ce pas?

En disant cela, elle montra sa tenue et eut un petit geste de dédain. Avant que sa mère acquiesce avec enthousiasme à la demande de sa sœur, Elizabeth quitta la pièce, se saisit de son chapeau et disparut dans le premier sentier venu; c'était celui conduisant à Netherfield Park, donc à Mr Bingley… donc à Mr Darcy. Ses pensées la menèrent vers les commentaires de ce dernier à propos de sa famille. Comment les contredire alors qu'elle-même trouvait ses proches exaspérants. Elle devait faire quelque chose avant que Lydia ne soit livrée à elle-même au beau milieu d'un régiment complet. L'idée la fit frémir, une partie de sa famille s'étant déjà beaucoup fait remarquer, elle se devait d'intervenir afin d'empêcher l'escapade de sa frivole de soeur. Elle revint sur ses pas et se dirigea vers la bibliothèque où elle savait son père occupé à savourer les exploits de Don Quichotte.

*****

Cette dernière semaine de mai, il y eut deux départs dont on se doit de souligner l'importance. Le premier fut celui de Fitzwilliam Darcy, heureux de quitter la chaleur et le brouillard de suie qui flottait au-dessus des rues de la Capitale pour rejoindre la verte campagne du Surrey. Il fit le chemin sur son étalon préféré, sa malle suivant dans la voiture qu'occupait son valet. La chevauchée lui fit du bien, il pouvait enfin laisser libre cours à son besoin d'évasion. Georgiana était à Matlock et les lettres qui lui étaient parvenues révélaient que sa jeune sœur prenait plaisir à son séjour. Il pensa, dès son arrivée, écrire à sa tante Victoria afin de la remercier chaleureusement pour cette invitation. Puis son imagination s'envola vers le Hertfordshire. Que faisait Elizabeth à ce moment précis? Lui en voulait-elle encore? Serait-il toujours, pour elle, le dernier homme au monde qu'elle désirait épouser? Il s'efforça de chasser ses obsédantes pensées; la route ne manquait pas de charme, il venait pour se reposer, pour oublier tous ces mois d'attente vaine, de déni, d'humiliation… et de regrets.

Le second départ fut celui de Lydia Bennet, fébrile à l'idée de quitter le rythme trop tranquille de Longbourn pour rejoindre le tourbillon de plaisirs qu'était sûrement Brighton. Elle avait quitté, légère et souriante, sans l'ombre d'une pensée pour la pauvre Kitty. Que cette dernière eut à souffrir d'être toujours confinée au rôle de second violon ne lui effleura même pas l'esprit, celui-ci étant fort occupé à savourer sa « vraie » vie, celle qui commençait aujourd'hui! Elle ne put donc voir le regard consterné d'Elizabeth qui suivit des yeux la voiture et monta directement à sa chambre pour éviter les paroles enthousiastes de sa mère, les larmes d'envie de Kitty, l'indifférence de Mary, les commentaires pleins d'ironie de son père à propos du manque de jugement d'une, deux ou même trois de ses sœurs. Justement, à propos de son père… elle ne pouvait s'empêcher de lui en vouloir d'être aussi nonchalant lorsqu'il s'agissait de l'éducation de ses filles. Au lieu de prendre en compte ce qu'elle lui avait expliqué; il avait pris le contre-pied de son conseil et elle avait alors été obligée de se justifier. Le manque de manières de ses jeunes soeurs avait-il fait fuir un ou deux de ses prétendants? Allons, Lizzy, c'est qu'ils n'en valaient sûrement pas la peine! Et voilà pour les prétentieux qui ne pouvaient reconnaître la valeur de ses deux aînées. Conclusion : Lydia irait à Brighton et s'exhiberait sans grandes conséquences et la maisonnée retrouverait une certaine quiétude, du moins pour quelque temps. Le sujet avait donc été clos en même temps que la porte de la bibliothèque paternelle. C'en était fait de son désir de changer un peu le comportement des siens, Elizabeth avait échoué. Assise sur son lit, elle ferma les yeux; ses réflexions sur son échec la ramenèrent à Mr Darcy. Que faisait-il à ce moment précis? Se doutait-il qu'elle se reprochait amèrement ses paroles, qu'elle ressentait avec anxiété le fardeau de sa famille sur ses épaules? Un fardeau dont le bonheur de sa sœur avait fait les frais, un fardeau dont elle ne pouvait se délester et qui lui laissait un sentiment de honte… Mais pourquoi pensait-elle au maître de Pemberley? Peut-être parce que tout au fond d'elle-même s'insinuaient remords… et regrets.

*****

Les enfants étaient couchés depuis une bonne heure lorsque Madeline Gardiner entendit le pas de son mari dans l'entrée.

– Edward, vous devez être épuisé. Je sonne, on vous montera un plateau au salon.

– Vous avez raison, ma chère, la journée a été plus longue que je ne le prévoyais. Faites ajouter un verre de vin, s'il vous plaît, cela me fera du bien, fit Edward Gardiner en s'assoyant lourdement dans le fauteuil à côté de celui de son épouse. Les enfants vont-ils bien?

Sachant que les frasques des deux petits derniers allaient faire rire son mari, elle conta avec beaucoup d'humour la journée des garçons. Elle commença par la chasse à l'écureuil qui faillit « mal » tourner au parc – heureusement, à la dernière minute, on réussit à leur épargner une baignade tout à fait improvisée – et termina par la visite chez les Porter où ils avaient souligné l'anniversaire du petit Isaac qui venait, pour l'occasion, de recevoir un adorable chiot.

– Je vous laisse deviner la conversation qui a suivi au moment du retour… Nos enfants sont les plus malheureux du monde, Edward, car ils n'ont pas de chien! « Nous avons Percy », leur ai-je dit. « Mais ce n'est qu'un chat », m'ont-ils répondu. Quels terribles parents, nous sommes! Bref, pour calmer le tout, j'ai dû leur rappeler que les Porter restaient à Londres dans la chaleur et le bruit tout l'été alors qu'eux avaient la chance d'aller séjourner à Longbourn chez leurs charmantes grandes cousines. Le chiot a vite été oublié et il n'a plus été question que de malles à préparer et de jouets à emporter!

Mr Gardiner ne put s'empêcher de rire en imaginant le tourbillon d'actions qui déferlait sur la maison presque chaque jour puis, prenant une gorgée de vin, il redevint sérieux.

– Madeline, puisqu'il est question des vacances, je crois que vous serez un peu déçue… nous allons devoir retarder notre voyage avec Lizzy. J'ai à conclure une importante transaction, cela ne peut souffrir un si grand délai.

– Oh! C'est dommage. Nous pourrons tout de même partir, n'est-ce pas?

– Soyez sans crainte, nous pourrons quitter vers la fin de la première semaine de juillet. Ce qui m'embête, c'est que nous devrons être de retour à la fin du mois. J'ai essayé de repousser la date, mais cela est impossible. Vous m'en voyez désolé, Madeline.

– Lizzy sera probablement déçue, elle se faisait un plaisir de découvrir la région des Lacs… mais il nous faudra y renoncer, faute de temps si je comprends bien.

– En effet. Je compte sur vous pour trouver une destination moins éloignée, une destination qui vous plairait tout autant.

Mrs Gardiner réfléchit quelques instants en jouant avec la lettre qu'elle lisait au moment où son mari avait fait son entrée. Lorsqu'il voulut savoir qui lui envoyait des nouvelles, elle sourit et précisa que cela provenait de sa sœur Margaret. Celle-ci l'assurait qu'Emily était fort bien installée et semblait heureuse dans sa nouvelle vie à Ballycraig. Elle lui confiait également avoir reçu un mot de Jane Fairfax duquel ressortait une certaine mélancolie et que cela l'inquiétait un peu. La missive se concluait sur une agréable rencontre; elle était tombée, par hasard, sur une amie de jeunesse, Alice Gurney, l'une des sœurs de l'intendant de Rosings.

– Je me souviens, dit Madeline Gardiner, que c'est le père du jeune Mr Darcy qui avait recommandé Peter Gurney pour aider Lady de Bourgh dans la gestion du domaine. Et Margaret ajoute qu'Alice demeure encore à Lambton où elle a épousé Robert Smith, l'aîné des fils de l'apothicaire dont il a repris le travail depuis.

– C'est une belle coïncidence, d'autant plus que ce n'est pas la première fois qu'on vous parle du Derbyshire depuis quelque temps. Rappelez-vous, ce jeune homme que vous avait présenté Lizzy… Nous étions chez les Philips.

– C'est vrai, ce George Wickham m'avait rappelé de bien bons souvenirs. Lambton, c'est ma jeunesse, Edward! fit Mrs Gardiner en souriant.

– Eh bien! Madeline, je crois que c'est tout trouvé, nous irons en Derbyshire en juillet, qu'en pensez-vous?

– Oh, Edward, quelle bonne idée! Il y a si longtemps que j'y suis allée! De plus, cela pourrait plaire à Elizabeth, elle semblait avoir eu de l'amitié pour cet officier… du moins avant qu'il ne se fiance avec une jeune héritière, si je me rappelle bien.

*****

Les Gardiner n'étaient pas les seuls à planifier leurs vacances en Derbyshire. Mrs Hurst n'avait pu s'empêcher de décrire à son amie Mrs Dashwood, née Ferrars, tout le bien qu'elle pensait du magnifique domaine de Pemberley et en profitait pour souligner le fait que les séjours dans ce grand domaine étaient fort plaisants. D'ailleurs, elle s'y rendrait vers la fin de juillet et y demeurerait quelques semaines. Le temps de profiter des multiples avantages du lieu, elle y citait la bibliothèque en exemple, se souvenant que, la fois où elle y était entrée, elle avait cru s'y perdre. C'était un endroit impressionnant avec une quantité incroyable de livres, mais les activités étant nombreuses et agréables, elle n'avait, hélas, pas encore trouvé le temps de s'adonner à la lecture. Bien sûr, dans sa missive, Louisa Hurst n'avait pas jugé bon de rappeler à sa destinataire les moments pénibles qu'avaient dû être les révélations des fiançailles secrètes de son frère Edward, déshérité rapidement au profit du cadet… D'autant plus que ce dernier s'était empressé d'épouser la fiancée qui avait délaissé son aîné! Elle n'avait pas non plus jugé nécessaire de lui avouer que ce parfum de scandale avait délicieusement imprégné, du moins un certain temps, les discussions des bien nantis ainsi que de ceux qui faisaient tout pour le devenir. La jeune femme réfréna habilement ses commentaires; le séjour à Norland Park ayant été fort agréable, on devait éviter à tout prix de s'en faire interdire l'accès à cause de quelques mots échappés de manière inopportune. Par contre, elle pouvait terminer subtilement en rappelant qu'on devrait lui adresser sa correspondance d'ici peu à Pemberley, Derbyshire.

Comme il n'était pas question que Fanny Dashwood s'en laisse imposer – après tout, les Bingley devaient leur fortune au commerce – elle répondit donc à son amie dans la semaine qui suivit et le tout fut livré dans la chaleur étouffante de Londres et non dans une verte campagne rafraîchissante.

Norland Park, le 17 juin 1811

Chère Louisa,

Recevoir de vos nouvelles m'a fait un réel plaisir, je suis heureuse de savoir que votre mari se porte toujours aussi bien et que Caroline se démène pour être le plus possible occupée et ce, même en ce mois de juin torride dans la Capitale.

Norland est magnifique à ce temps-ci de l'année. Bien sûr, je l'avais déjà remarqué auparavant, mais en être maintenant propriétaire en ravive l'éclat, si vous voulez mon avis. J'ai suivi ma première idée qui était de dépoussiérer la vieille bibliothèque et d'en faire un bureau pour Mr Dashwood; le tout est terminé et je n'en suis pas peu fière. Tous ces livres poussiéreux sont maintenant rangés dans des caisses que j'ai fait entreposer au fond d'un débarras dans l'aile des domestiques...

Mrs Hurst qui avait souligné l'intérêt de la bibliothèque de Pemberley dans sa lettre se demanda ce qu'en aurait pensé Mr Darcy; il lui parut tout d'un coup évident que ces gens-là n'avaient pas dû se lier d'amitié lors de leur séjour à Netherfield Park. Qu'à cela ne tienne, elle trouvait un grand bénéfice à fréquenter et les Darcy et les Dashwood. Elle poursuivit donc sa lecture jusqu'à un extrait si passionnant qu'elle dut s'asseoir pour mieux le savourer; son amie Fanny succombait à la tentation de s'épancher et baissait – involontairement? – la garde.

... Je ne vous apprends rien, ma chère, en vous rappelant le geste parfaitement ridicule de mon frère Robert. Cette manipulatrice de Lucy Steele s'y est prise admirablement bien et il est tombé à ses pieds, comme

un grand niais. Vous dire ma déception, d'autant plus qu'elle a su s'attirer la bienveillance de ma mère en la flattant et en se faisant aussi humble que possible. Mr Dashwood et moi avons alors décidé de nous retirer dans notre cher domaine, loin des tractations de cette intrigante. C'est ici que vous comprendrez toute ma détresse, chère amie. Imaginez-vous que j'ai reçu récemment un avis maternel me priant de revoir mon premier jugement et de rencontrer à nouveau Robert et son épouse. Je vous avoue que ce n'est pas de gaieté de cœur que je les ai invités à venir se reposer dans le Sussex lorsqu'ils seront de passage dans la région. Ne me jugez pas, Louisa, au contraire, plaignez-moi, j'en aurai beaucoup besoin d'ici peu car vous ne savez pas tout…

C'est à ce moment précis que Miss Bingley choisit de faire son entrée dans le petit boudoir de sa sœur et la surprit assise sur le bord d'un fauteuil, agitant fébrilement les feuillets d'une lettre.

– Louisa, que se passe-t-il? Aucune mauvaise nouvelle, j'espère?

– Asseyez-vous, Caroline, cela en vaut la peine! Voici les dernières nouvelles que m'envoie Fanny Dashwood.

– Ne savons-nous pas déjà tout du pitoyable mariage de son frère cadet…

– Vrai, mais vous ne saviez pas qu'elle avait dû faire amende honorable, sous les pressions de sa mère, et accepter de fréquenter Mrs Robert Ferrars! s'exclama l'aînée d'un ton triomphal.

– Mon Dieu! C'est horrible, je n'en reviens pas. J'ai peine à imaginer les Dashwood recevant le couple de nouveaux mariés à Norland Park… et avec le sourire en plus! Jamais je ne m'abaisserais à un tel geste.

– Gardez quelques sentiments en réserve car ce n'est pas tout, je vous lis ce qui suit :

... La nouvelle dont je vous fais part sera bientôt connue alors je préfère vous en toucher un mot moi-même, ainsi les racontars qui ne manqueront pas de s'épandre ne pourront vous surprendre ou vous choquer. Mon frère Edward, bien que déshérité, n'a pas hésité bien longtemps et s'est rendu dans le Devonshire. Ne vous avais-je pas prévenue de ne point envisager d'aller dans cette contrée? Il a rejoint Miss Dashwood à Barton Cottage et l'a demandée en mariage. Elle n'a presque rien, pas de fortune, pas de véritables relations et, depuis peu, lui non plus d'ailleurs... Eh bien, elle a accepté! Ma mère ne s'attendait plus à rien du côté de son aîné, Miss Morton s'étant résolument effacée lorsque la situation d'Edward avait éclaté au grand jour. Comment pourrons-nous rentrer à Londres sans attirer regards et commentaires désobligeants? Je me le demande. Et comme un malheur n'arrive jamais seul, imaginez ce que cela peut être quand il y en a déjà deux...

Chère amie, ayez un peu d'empathie pour nous, plaignez-moi d'avoir deux frères aussi nigauds que cela. J'oserais ajouter, en guise de conseil, que nul n'est à l'abri, pas même vous, Louisa, et que...

– Comment cela : « Nul n'est à l'abri, pas même vous, Louisa »? s'enquit Caroline Bingley en fronçant les sourcils. Que sous-entend-elle?

– J'avoue, commença Mrs Hurst en déposant la lettre sur ses genoux, lui avoir raconté la façon dont nous avions réglé le cas de Jane Bennet. Elle m'avait alors raconté avoir utilisé un stratagème semblable pour éloigner son frère Edward de Miss Dashwood.

– Et voilà, compléta sa sœur, un rictus au coin des lèvres, que la manœuvre a totalement échoué. Mais elle se trompe sérieusement si elle croit que nous subirons la même situation!

– Tu as raison, Charles n'a jamais été aussi éloigné du Hertfordshire et de son « ange ». D'ailleurs, il n'a même pas su qu'elle avait séjourné à Londres. Toute cette histoire remonte à plus de sept mois, autant dire une éternité!

– De plus, nous quittons bientôt pour un séjour à Pemberley. Je ne crois pas me tromper en précisant que le Derbyshire et ses attraits ont de quoi faire oublier *tout* le reste… et, ma chère Louisa, je sais très bien de quoi je parle! conclut Caroline Bingley, un éclat de convoitise au fond des yeux.

Fin de la troisième saison

Suite

Été 1811

Tome 4

Printed by Amazon Italia Logistica S.r.l.
Torrazza Piemonte (TO), Italy

15430177R00078